側妃のお仕事は終了です。

サディアス
ミジューム王国の王太子。
自分に媚びないアニュエラを
疎ましく思い、側妃に追いやった。
アニュエラ
ルマンズ侯爵令嬢。
サディアス王太子の妃になるはずだったが、
その座をミリアに奪われ、
側妃になることを強要された。
ミリア
サディアスに見初められて
王太子妃に。
ワガママで、自分が一番で
なければ気が済まない性格。
Characters

シェイル
レディーナ王国の外交官を務め、
若くして家督を継いだ優秀な人物。
シレネ
アグニール帝国の次期皇帝。
アリーシャ
クレイラー商会の一人娘。
物腰が柔らかく、
少し天然な一面も。
ソフィー
レディーナ王国の王女。
明るく活発な性格。

プロローグ

月に一度、王宮で開かれる舞踏会。

そこには理想の相手との出会いを求めて、多くの貴族が参加していた。

そして年若い令嬢たちが集まると、必然的に噂話が始まる。

「あのときのサディアス殿下とミリア様の結婚式、素敵でしたわね」

「ええ。ふたりとも、とってもうれしそうなお顔でした。本当にうらやましいわ……」

「ですけど、アニュエラ様は少しかわいそうですわね」

――アニュエラ。

ルマンズ侯爵家の令嬢であり、サディアスの正妃となるはずだった女性だ。

しかし今から一年前、事情が大きく変わった。サディアスが突然、別の令嬢を正妃にすると宣言したのだ。

その結果、アニュエラは側妃に追いやられてしまった。

「仕方ありませんわ。アニュエラ様って、とても冷たいお方なのでしょう？」

「そうそう。一緒に出歩いてもくれないと、サディアス様が嘆いていらっしゃいましたわ」

「そうでしたの？　でしたら、アニュエラ様の自業自得《じごうじとく》ですわね」

令嬢たちは目を輝かせながら、会話に花を咲かせる。その口元には、意地の悪い笑みが浮かんでいた。

ルマンズ侯爵家は国内有数の資産家で、他国の貴族や商人との繋がりも深い。アニュエラ自身も語学が堪能で、女性でありながら政治学や経済学にも精通している。

家柄がよく、優れた才を持つアニュエラを妬《ねた》む令嬢は少なくなかった。

「ご自分の立場を理解していらっしゃらなかったのかも」

「調子に乗っておられたのでしょうね」

「でも、サディアス王太子はお優しい方だわ。側妃としてお傍に置いて差し上げるなんて」

「アニュエラ様は、殿下のご慈悲に感謝すべきよ」

パーティーに参加した目的も忘れ、令嬢たちが盛り上がっているときだった。

——カツン。

ひとりの女性が会場に現れた途端、ホール全体が一瞬にして静まり返った。彼女の靴音だけが鋭く響き渡る。

シニョンに結い上げられた、燃えるような紅い髪。

若々しい輝きを放つエメラルドグリーンの瞳。

スレンダーな体型を見せつけるような、マーメイドラインの黒いドレス。

大きく開いた胸元では、瞳と同じ色の宝石が輝いている。

そして人形のように整った美しい顔立ち。

「ア……アニュエラ様……？」

誰かがその名前をつぶやくと、ほかの者たちも我に返ったようにざわつき始める。

「どうして側妃様がこちらに……？」

「本日の舞踏会は、独身限定だったはずでは……」

「サディアス王子は、ご存じなのか？」

会場内に困惑の声が飛び交う。

アニュエラはそれらを無視して妖艶に微笑み、小首をかしげてみせた。

「皆様、ごきげんよう。時間が空いていたので、私も出席させていただきましたの。よろしければ、どなたか私と踊ってくださる？」

相手は側妃とはいえ、王太子の伴侶《はんりょ》だ。

手を出していい相手ではない。

だが、一曲踊る程度なら。男たちの中に淡い下心が生まれる。

「で……でしたら、僕はいかがでしょうか？」

夜の外灯に誘われる蛾《が》のように、ひとりの男がアニュエラへ歩み寄る。それを皮切りに、ほかの男たちも慌てた様子で動き出す。

「お待ちください、アニュエラ様。ぜひこの私とお願いいたします！」

「いえ、俺と踊ってください！」

「こんなヤツらに、あなたを任せることはできません！　ここは私と！」

多くの貴族がアニュエラに群がる。

取り残された令嬢たちは、敗北感に唇を噛んでいた。

「アニュエラ‼」

そのとき、突如響き渡った怒号に、ホールは再び静寂に包まれる。

(ああ、ようやくお出ましのようね)

アニュエラが目を細めて振り返ると、そこには怒りの形相《ぎょうそう》をした青年が息を切らして立っていた。

「あら。そんなに怖いお顔をなさって、どうなさいましたの？」

「君は自分の立場を理解しているのかっ⁉」

「ええ。理解していますわ、サディアス様」

すさまじい剣幕で怒鳴られたが、アニュエラは怯《ひる》むことなく言い返す。

「『所詮、側妃はお飾り。お気楽な立場の女』。そうおっしゃったのは殿下、あなたではございませんか」

「な、なぜそれを……っ」

図星を突かれたサディアスは、あからさまに目を泳がせた。

アニュエラはさらに追い打ちをかける。

「ですから国のことも、あなたのことも考えずに、楽しく生きることにしました」

「黙れ！　このままで済むと思うなよ……！」

サディアスが捨て台詞を吐き、会場から去っていく。

王太子殿下と側妃の口論に、貴族の面々は唖然《あぜん》としていた。

そんな彼らに向かって、アニュエラは穏やかに笑いかける。

「見苦しいものをお見せして、申し訳ございませんでした。さあ、パーティーの続きを楽しみましょう。ねえ、あなた。よろしかったら、私とお話ししてくださらない？」

アニュエラが声をかけたのは、会場の隅《すみ》に佇《たたず》んでいた令嬢だった。

「えっ？　あっ、はい！」

「そんなに緊張なさらないで。あなた、お名前は？」

「私はロイル男爵家のリュジーと申します……っ！」

令嬢がぎこちなく挨拶する。アニュエラはその名を聞いて、「まあ」と声を弾《はず》ませた。

「ロイル男爵領では、近ごろ羊毛工業に力を入れているのでしょう？　新しい加工法を開発なさったのだとか」

「は、はい！　従来のものより耐久性に優れ、肌触りも滑らかに仕上げることが可能となりました」

ロイル男爵令嬢が緊張気味に説明をする。

それを聞いた参加者たちは、驚いたように顔を見合わせた。

ロイル男爵領は、吹けば飛ぶような小さな領地だ。

社交界で話題に上《のぼ》ることなど、皆無に等しい。新たな羊毛技術を生み出したことを知る者は、ごく少数だった。

だがアニュエラは、そのことを当然のように把握していた。

「あ……あの……」

ある人物がふたりの前におずおずと歩み寄る。先ほどまでアニュエラの陰口を叩いていた令嬢のひとりだ。

「お初にお目にかかります。私はエルマド子爵家のアザレアと申します」

「あなたがエルマド子爵家の？　うれしいわ、是非お会いしてみたかったの」

「え？」

満面の笑みが返ってきて、アザレアは目を丸くする。

「私のことをご存じでしたの？」

「ええ。去年、学園で優秀な成績を収めた方とお聞きしていますわ。特に経済学に秀でているそうですわね？」

「いえ、私はそんな……」

アニュエラからの言葉に、アザレアは頬を赤く染めて口ごもる。

誰に対しても尊大な態度を取らず、敬意を持って接する。その姿は、噂とは大きくかけ離れていた。

すると、その様子を見ていたほかの令嬢たちもアニュエラに駆け寄っていく。

「アニュエラ様、私ともお話ししていただけませんか？　是非お聞きしたいことがありますの」

「妃教育はもうお済みになったのですよね？　どのようなことを学ぶのですか？」

「お城では毎日何をなさっていますの？」

男性陣をそっちのけにして、皆アニュエラに夢中になっていた。本人も嫌な顔ひとつせず、丁寧に答えている。

このとき、勘の良い者はある疑念を抱いていた。

世間では、アニュエラはサディアスに愛想を尽かされ、捨てられたとささやかれている。

だが、事実は大きく異なるのではないのか？

実際に愛想を尽かされたのは、あの王太子のほうではないのか？

余裕に満ちた側妃の笑顔を見ていると、そう勘ぐらずにはいられなかった。


舞踏会が終わったのは日付が変わるころだった。

参加者が馬車に乗って帰路に就く中、アニュエラは薄暗い廊下を硬い靴音を響かせながら進んでいた。

「今夜はお疲れ様でございました、アニュエラ様」

斜め後ろに控えている侍女が、労《ねぎら》いの言葉をかけてくる。アニュエラは振り返りざまに、彼女に満足げに微笑みかけた。

「今夜はとっても楽しかったわ。人前に出るのなんて久しぶりだったもの」

「そうでございますね」

侍女も頬を緩ませて相槌《あいづち》を打つ。

アニュエラの自室は、王宮の片隅にある。

日中でも日の光の当たらない、薄暗く狭い室内だ。以前は王太子の私室に近い部屋を与えられていたが、現在そこは正妃の部屋となっている。

「お茶をお淹《い》れしましょうか？」

「いいえ。今夜はもう遅いからいいわ。あなたも早く部屋に戻って、休んでちょうだい」

アニュエラがやんわりと断ると、侍女は一瞬迷った様子だったが「かしこまりました」と一礼した。そして部屋から出ていこうとしたが、ふと足を止めた。

「ですが、アニュエラ様。今夜はなぜパーティーにご出席なさったのですか？」

侍女が素朴な疑問をぶつける。

正妃の椅子をミリアに奪われてからというもの、アニュエラは隠居同然の生活を強要され、それを文句ひとつ言わずに受け入れていた。

だというのに、今朝突然『舞踏会に出ようと思うの』と言い出したのである。いったいどういう風の吹き回しなのかと、ずっと気になっていたのだ。

「単なる気まぐれよ。特に深い意味はないわ」

アニュエラはくすりと微笑んで答える。

侍女はまだ納得していなかったが、これ以上詮索《せんさく》しても無駄だと悟り、今度こそ部屋をあとにした。

ひとりになり、アニュエラは豪奢《ごうしゃ》なドレスのまま、仰向けにベッドに身を投げた。

「ふぅ……」

全身に疲労が鉛《なまり》のようにのしかかってきて、深いため息が漏れる。しかし、その唇は吊り上がり、達成感に満ち溢れた表情をしていた。

明らかに狼狽《ろうばい》した様子の夫の顔が、脳裏に浮かぶ。

（あいかわらずわかりやすい人ね。自分に都合の悪いことが起きると、すぐ顔に出るんだから）

本人に指摘するつもりはない。どうせ口にしたところで、「側妃ごときが指図するな」と逆上して終わりだ。

それに、わざわざ敵に塩を送るつもりもない。

アニュエラは微睡《まどろ》みに身を任せ、瞼《まぶた》を閉じる。そして半年前の出来事を思い返す。

すべてはあのときから、始まった。


サディアス王太子との結婚式が目前に迫っていた時期だった。サディアスは突然アニュエラの部屋を訪れると、開口一番にこう言った。

『アニュエラ、君を正妃にするわけにはいかなくなった』

その隣には、銀髪の少女が立っていた。

ぱっちりとした大きなルビーレッドの瞳と、まっすぐ通った鼻筋。厚みのある唇に引かれたルージュが、肌の白さを際立たせる。

真紅のドレスは蠱惑的《こわくてき》なボディラインを強調しており、大きく開いた胸元にはエメラルドのネックレスが揺れていた。

甘ったるい香水の香りが、室内に漂う。

『そちらの方は？』

どこの娼婦《しょうふ》を連れてきたのかと、アニュエラは訝《いぶか》しんだ。

『紹介しよう。彼女はノーフォース公爵家のひとり娘だ』

ノーフォース公爵家。この国で数少ない公爵家であり、王家の血筋を引く名家だ。その歴史は古く、一族から優秀な文官や武官を輩出してきた。領地も国内一の大きさを誇り、領民の信頼も厚い。

『お初にお目にかかりますわ、アニュエラ様』

ミリアが無邪気な笑顔で、ぎこちないカーテシーを披露する。

アニュエラも挨拶しようとすると、サディアスがこんなことを聞いてきた。

『彼女をどう思う？』

『……と、おっしゃいますと？』

アニュエラは質問の意味がわからず、聞き返した。

『これほど見目麗しく、品の良い令嬢はいないだろう。将来の国母《こくぼ》にふさわしいとは思わないか？』

『はぁ……』

段々と話が読めてきた。

だからこそ「意味がわからない」と、アニュエラは眉をひそめる。

すると、サディアスは見せつけるようにミリアの腰に手を回した。

美少女の顔が喜色に染まる。

『彼女を正妃に迎えたい』

『……なぜそのようなお考えに至ったのか、お聞きしてもよろしいでしょうか？』

アニュエラはそう尋ねずにはいられなかった。

『ノーフォース公爵家から多額の援助金を受けたのさ。我が王家は去年の水害で、大きな痛手を被《こうむ》っている。ところが、どこぞの侯爵家は娘が王太子妃になるというのに、王家を助けようとしなかった。君はどう思う？』

『不義理な家ですわね』

『だろう？　父上と母上もこのことを重く捉え、文官たちの間でもミリアを正妃にしようという動きが出ている』

嫌みをあっさりと受け流したアニュエラに、王太子は得意気な様子で語り続ける。

その間、アニュエラは今後のことを考えていた。王太子妃でなくなるというのなら、実家に戻れるわけだ。そうすれば、この男からも解放される。

悪い話ではないように思えた。

サディアス殿下の婚約者に選ばれたのは、五年前のこと。当時、文官を目指していたアニュエラにとって、寝耳に水の話だった。

正直断りたいと思ったのも事実。しかし、どうか息子を支えてほしいと国王夫妻に懇願《こんがん》されたら、承諾するほかない。

四年にわたる妃教育は、決して楽ではなかった。

文官と王妃では、求められるものが大きく異なる。それでも周囲の期待に応えるために、王家の将来のために私情を捨て、頑張ってきた。

その結果がこれだ。

『わかりましたわ。それでは、私は早急に荷物をまとめさせていただきます』

『いや、その必要はない』

『どういうことですの？　妃はミリア様になるのでしょう？』

『それはあくまで正妃の話だ。君には側妃になってもらう』

『…………はぁ』

当然のように言われ、気の抜けた声が出た。

『ひとつお聞きしますが、ミリア様は何かご病気をお持ちなのですか？』

『そんなわけないだろう。彼女はいたって健康だ！』

馬鹿なことを聞くなとばかりに、サディアスが語気を荒らげる。

それに怯《ひる》むことなく、アニュエラは冷静に質問を続ける。

『でしたら、なぜ側妃を置く必要があるのです。まさか、権力を誇示する目的などとおっしゃいませんわよね？』

『そのつもりだが』

だからどうした、とサディアスは腕を組んで首肯《しゅこう》する。

『正妃、側妃ともに国内有数の高位貴族の出身。王家、いやこの私がミジューム王国の権力を掌握《しょうあく》しているとアピールできる』

『そのようなことをなさったら、民衆の反感を買いますわよ』

『ただのやっかみだ。好きに言わせておけばいい』

サディアスは口角を吊り上げて、そう言い放った。

つまり、民衆の声など無視すると宣言しているようなものだ。

(それが次期国王のお言葉ですか?)

幼稚かつ短絡的な考えに、アニュエラは唖然《あぜん》とする。

『さすがはサディアス様。そのくらい強気でなければ、将来国王なんて務まりませんものね』

『君ならわかってくれると思ったよ、ミリア』

耳当たりのよい言葉をささやかれ、サディアスが表情を柔らかくする。

その様子を見て、アニュエラはサディアスの説得を諦めることにした。

(仕方ないわ。陛下に相談しましょう)

サディアスがミリアを正妃に迎えるのはかまわない。

だが後先を考えない愚策に、自分を巻きこまないでもらいたい。できれば、今すぐにでも王宮から去りたかった。

すぐさま国王に直談判《じかだんぱん》した。

王妃を追われた心痛でこれ以上ここにはいられないと訴え、婚約の解消を狙ったのだ。

『アニュエラよ。このところ、王家の求心力が低下しているのは、そなたも知っているな？』

『はい。存じております』

国王の問いかけに、アニュエラは即答する。

近ごろ、地方で王家に対する不満の声が高まっていることは耳にしていた。

これ以上信頼を失うわけにはいかない。そのためにも、今は慎重に動かなければならない時期だった。

しかし、そう考えていたのはアニュエラだけのようだ。

『今こそ、この国を治めているのは誰か、強く見せつける必要がある。聡明なそなたなら、そんなことくらい理解しておるはずだ』

アニュエラを褒めながら、侮っている。

アニュエラは怒りを通り越して、もはや呆れるしかなかった。

要するに、国王もサディアスの愚策に賛同しているのだ。しかも、婚約の解消は認めないと遠回しに言っている。

たしかにルマンズ侯爵家は、ほかの領地の民衆の人気も高い。

だが、アニュエラは「はい、わかりました」と素直に従うつもりはない。冗談じゃないと、目に力をこめて国王を睨みつける。

『お父様が黙っておりませんわ』

『いや、ルマンズ侯爵にはすでに話を通してある』

途端、アニュエラの表情が強張った。まさか父は、このような馬鹿げた話に同意したのだろうか。

『この国のためなら娘も本望でしょう、とのことだ』

国王は平然と言い放った。

『そう……でございますか』

アニュエラは声を震わせ、視線を足元に落とした。

サディアスの言うように、去年の水害の際、ルマンズ侯爵家は王家を助けなかった。その負い目もあって、父は断れなかったのだろう。

それに、王家を支持する貴族を敵に回すことにもなりかねない。父としても、苦渋の判断だったに違いない。

アニュエラに拒否権はなかった。


一か月後、サディアスはミリアと婚姻を結んだ。

王都にある聖堂にて、結婚式が執り行われた。

同時期にアニュエラとも夫婦となったが、こちらは式を挙げなかった。「ルマンズ侯爵令嬢は、王家のひんしゅくを買って側妃にされた」という噂が広まった要因のひとつだ。

瞬く間に拡散されていく醜聞《しゅうぶん》に、サディアスは次のように言及した。

『アニュエラとの式を挙げなかったのは、彼女の意思だ。側妃の分際で人前に出たくないと癇癪《かんしゃく》を起こした。たしかに私が正妃に選んだのはミリアだ。しかし、アニュエラへの愛情が完全に冷めたわけではない。だから彼女とも式を挙げたいと思っていたのだが……残念だよ』

その記事が書かれた新聞に目を通し、アニュエラは笑うしかなかった。彼から『側妃との結婚式など不要だろう？』と面と向かって言われていたのだ。

(台本を書いたのは文官？　それとも彼の侍従かしら？)

大した演技力だと感心しながらも、あの男を罵倒《ばとう》してやりたい衝動に駆られた。

胸の奥に氷をつめこまれたかのように、急速に冷えていく。感情をうまく抑えられず、新聞を持つ手が小刻みに痙攣《けいれん》する。

(なぜ、私がこんな仕打ちを受けなければならないのかしら)

頭の中でぷつり、と管が切れる音がした。

その瞬間、どうでもよくなった。王家も、実家も、領民も、この国も、何もかも。

(あの人、以前言っていたわね。側妃はお飾りだと)

だったら、それらしく振る舞ってやろう。

そう決めて、独身限定の舞踏会に飛び入り参加してやった。不義と見なされ、王宮から追放されることを望んで。

あえて今夜を選んだのには、理由がある。

(この日はあなたと初めてお会いした日ですわよ、殿下)

おそらく夫はそんな些細なこと、気づきもしないだろう。

それでもかまわない。
この目には見えない檻《おり》の中で、自分のやりたいことだけをやる。
アニュエラは強く心に決めたのだった。

第一章　正妃と側妃

舞踏会の翌日、サディアスは国王に呼び出された。

用件はもちろん、アニュエラについて。

「話は聞いたぞ。昨晩、アニュエラは侯爵子息と踊り、そのあとは令嬢たちと談笑を交わしていたそうだな」

「……そのようですね」

そのことなら、すでに侍従から聞いている。

あの馬鹿女は何をやっているんだ。怒りを抑えきれず、サディアスは無意識のうちに拳を小刻みに震わせた。

その姿を見た国王が、ため息混じりに言う。

「お前も会場に行ったのだろう？　なぜ、彼女を連れ戻さなかった？」

「私の気を引くためにパーティーに参加していると思ったのです。ですから私が怒っている姿を見たら、すぐに帰るだろうと……」

咎《とが》める相手を間違っていないだろうか。サディアスは眉をひそめながら、あらかじめ用意していた釈明の言葉を口にする。

息子の言い訳に、国王はわざとらしく肩をすくめた。

「お前がいなくなったあとも、ずいぶんと楽しんでいたようだが」

それに関しては、反論の余地がない。おとなしく会場から去ると思っていたのに、アニュエラはそうしなかった。

国王は息子を一瞥し、窓の外へ視線を移す。息がつまるような曇り空が広がっていた。

「側妃に落とされた腹いせに、このようなことをしたのだろう。はた迷惑な娘だ」

「私もそう思います。まったく何を考えているんだか……！」

鼻息を荒くする息子に、国王が鋭い視線を向ける。

「アニュエラを側妃にすると言い出したのはお前なのだぞ。だったら、手綱はしっかりと握っておけ。さもなくば、お前自身の評価も落とすことになるぞ」

「は、はい。以後、肝に銘じます」

そんなの言われなくともわかっている。サディアスは内心で毒づきながらも、背筋を伸ばして返事をした。

「とりあえず、アニュエラには昨晩の参加者全員あての謝罪の手紙を書かせて……」

「いや、その必要はない」

「なぜですか？　彼女は既婚者にもかかわらずパーティーに参加して、場の空気を乱したのですよ」

納得いかない。あの女には罰を受けさせるべきだ。サディアスが抗議すると、国王は忌々《いまいま》しそうに顔を歪《ゆが》めて言った。

「先ほど言ったであろう。令嬢たちと談笑していたと。初めは彼女らも眉をひそめていたが、しまいにはすっかり打ち解けていたそうだ。アニュエラのおかげで、楽しい一時を過ごせたという声も多く上がっている」

「はあ？　アニュエラは令嬢たちに嫌われているはずでは……」

「とにかく、アレが妙な真似をしないように目を光らせろ」

「それはわかっておりますが……」

「よいか。これは命令であるぞ」

有無を言わさぬ迫力に、サディアスはぐっと息をつまらせる。国王の言葉は絶対だ。たとえ王太子であっても、血の繋がった息子でも、その強制力から逃れることはできない。

サディアスは黙礼して、玉座の間をあとにする。手のひらを見ると、汗でじっとりと湿っていた。

（まったく、面倒臭いことになったぞ）

自分の言うことを聞かない道具などいらない。それが父の考えなのだろう。

だがアニュエラは、ルマンズ侯爵家の娘。自分が即位したときに備えて、強力な後ろ盾を失うわけにはいかない。

（冷静になれ、サディアス。アニュエラを厳しく躾ければいいだけの話じゃないか。品行の悪い側妃を改心させた夫として好感度も上がるだろう）

我ながらいい作戦だ。自画自賛しながら、愛する妻の部屋へ足を進める。

彼女は特例で、婚姻後に妃教育を受けることを許された。今朝も勉学に励んでいるだろう。休憩時間になったら、彼女を連れて王都にでも出かけようか。

「む……？」

サディアスは眉を寄せた。侍女と教育係が、なぜかミリアの部屋の前で立ち尽くしていた。

「お前たち、何をしている？」

「で、殿下……その、ミリア妃が……」

侍女が気まずそうに口ごもる。

「ミリアがどうした？　何かあったのか？」

「部屋に鍵をおかけになって、中に入れてくださらないのです」

そう言って、固く閉ざされた扉をチラリと見る。

「お前たちの教え方が厳しすぎるのではないか？」

「いえ、そのようなことはございません。むしろ、ずいぶんと甘くしているつもりです」

教育係が間髪《かんはつ》容《い》れずに反論した。

遠回しにミリアを非難しているように聞こえるのは、気のせいだろうか。これはあとで、父に報告しなければならない。サディアスは密かに心に決めた。

「わかった。私が話を聞いてみよう」

扉を数回ノックして、「ミリア、私だ」と呼びかけた。すると扉の向こうから、彼女のか細い声が聞こえてくる。

「サディアス様……私、とてもつらいですわ」

程なくして、扉の施錠を外す音がした。侍女と教育係を手で制し、サディアスだけが中に入る。

ミリアは扉の前で、粗相《そそう》をした子どものように立ち尽くしていた。愛らしい顔がくしゃりと歪《ゆが》み、ルビーレッドの双眸が涙で潤んでいる。

「どうしたんだ、ミリア！　何がつらいんだい？」

サディアスはその細い体を抱き締めた。香水の甘い香りがふわりと、鼻孔をくすぐる。

美しい銀髪を優しく撫でていると、ミリアはうっとりと目を細める。まるで母猫に甘える子猫のようだ。

その無防備な姿に、サディアスはたまらない気持ちになる。はぁ、と情欲を孕《はら》んだ吐息が漏れた。

（ああ、なんて愛らしいんだ）

ミリアは容姿が優れているだけではなく、子どものように無邪気な心の持ち主だ。

アニュエラを冬の女とたとえるなら、ミリアは春の乙女だ。暖かなそよ風が吹く花畑の中で、可憐に微笑む少女だった。

『あんな幼稚な令嬢を妃として迎えるなど、正気なのか』

『なぜ、アニュエラ嬢ではなく、ミリア嬢をお選びになったのか』

『王太子妃にふさわしいのは、ルマンズ侯爵令嬢だろう』

文官の中には、そのような戯言《たわごと》を言う者もいた。不敬であるとして、全員職を解いたが。

アニュエラのどこがいいのか。

あの女は事あるごとに、サディアスに難癖をつけた。

『殿下、この国は王家だけのものではございません』

『民たちはたしかに王家の道具にすぎないのかもしれません。ですが、道具にも持ち主を選ぶ権利はございます』

『お聞きください、殿下。今のままでは彼らを先導することはできませんわよ』

アニュエラの無礼な発言を思い返すたびに、腹の底から怒りが沸き上がる。

彼女はそれなりに容姿が優れているし、頭も舌もよく回る。

だが、夫を立てるということを知らない。貴族の女としては、致命的な問題だ。

「サディアス様？　聞いてますの？」

すねたような声に、サディアスははっと我に返る。

「あ、ああ。すまない、ミリア。何かな？」

「もう、サディアス様ったら……」

ミリアはぷっくりと頬を膨らませた。

「昨日の夜会でアニュエラ様は、皆さんと楽しそうにお喋りをなさったそうですね」

おそらく侍女から聞いたのだろう。ミリアはサディアスを引き剥がすと、両手で顔を覆って泣き出した。

「私は毎日勉強と公務ばかりなのに、ずるいですわ！　どうして私ばっかり、つらい思いをしなければなりませんの!?」

「ミリア……」

これにはサディアスも答えに窮《きゅう》する。

妃教育を受けていることを考慮し、彼女がするべき多くの公務を取り止めていた。

それでも公爵家で大切に育てられてきたミリアにとってこの生活は窮屈に感じるようだ。だがこればかりは、妻に耐えてもらうしかない。

「君には苦労をかける。すまない」

今は優しい言葉をかけてやることしかできない。自分の力不足を痛感していると、ミリアがふいに顔を上げた。ふっくらとした頰が、涙に濡れている。

「……ねえ、サディアス様。お茶会を開いてもよろしいでしょうか？」

「お茶会？」

ミリアがこんなことを言い出すのは初めてだ。

「ええ。私も多くの方々と仲良くなりたいのです！」

「ああ、かまわないよ」

たまには息抜きも必要だ。サディアスは妻の可愛い我儘《わがまま》を快く了承した。それに、正妃主催の茶会であれば、皆喜んで出席するだろう。

「本当に？　サディアス様、大好きですわ！　愛してます！」

「私もだよ、ミリア」

ミリアを抱き上げて、ベッドに優しく下ろす。

扉の前では、今も侍女と教育係が待っているだろう。

（早く立ち去れ。ミリアは、今から私に愛されるのだ）

妃教育など、いつでもできる。急ぐ必要はない。

ミリアの額に口づけを落としながら、サディアスは甘い笑みを浮かべた。

◇◆◇◆

半月後、事件は起こった。

アニュエラは自室で紅茶を味わいながら、自分宛ての手紙を読んでいた。

差出人はとある男爵家の令嬢。花の香りがついた便箋《びんせん》には、アニュエラへの感謝の言葉がつづられている。

彼女は先日の舞踏会の参加者だった。ぽつんとひとり離れた場所に立っていたので、アニュエラから声をかけたのだ。

素敵な文通相手が増えたと、アニュエラは笑みを零《こぼ》す。

「邪魔をするな貴様ら！　不敬であるぞ！」

部屋の外から怒号が聞こえたのは、手紙を読み終えたのと同時だった。楽しい気分が台なしだ。

アニュエラは一瞬眉を寄せた。

（いけない、いけない。平常心よ）

自分にそう言い聞かせて、にこりと口角を上げる。

「アニュエラ！」

警備兵の制止を無視して、眉目秀麗の王太子が荒々しく扉を開けた。

「女性の部屋にノックもせず入るなんて失礼ですわよ」

「側妃ごときが私に口応えをするな」

サディアスがそう言って、大股で室内に入ってくる。ずいぶんご立腹のようだ。

「ご用件はなんでしょうか？」

横柄な物言いに呆れながら尋ねる。まさか、まだ舞踏会の件を引きずっているのだろうか。

アニュエラの予想は半分当たっていた。

「先日の舞踏会で、お前は令嬢たちに何を吹きこんだ？」

サディアスが剣呑《けんのん》な面持ちで話を切り出す。

「なんのことでしょう？」

「とぼけるな。あの日の舞踏会に参加した令嬢たちをミリアが茶会に招いたが、散々なことになってしまったんだぞ！」

ミリア？　茶会？

もっとわかりやすく説明してもらえないだろうか。

「茶会の場で、ミリアは侍女や文官に対する愚痴《ぐち》を零《こぼ》していたのだ。そうしたら公爵家の令嬢に、心が清らかではないと言われたらしい。わかるか？　遠回しに心が醜《みにく》いと言われたんだ！　あんなに可憐な少女を……ありえないだろうっ！」

サディアスが大きくかぶりを振って叫ぶ。

茶会の場に居合わせていたら、その公爵令嬢に危害を加えていたかもしれない。そう思わせるほどの激昂《げきこう》ぶりに、アニュエラは呆気に取られる。

「それは……その愚痴《ぐち》の内容が、聞いていられないようなものだったのではありませんか？」

そうでなければ、正妃にそのような発言をするはずがない。嫌みを言うのも忘れて、アニュエラは尋ねた。

「愚痴《ぐち》など誰でも零《こぼ》すものではないか。だというのに、醜《みにく》い呼ばわりするなど……！　しかも誰も庇おうとしなかったらしい」

「それが私のせいとおっしゃいますの？」

「お前はミリアを孤立させようと、舞踏会に参加していた令嬢どもを懐柔《かいじゅう》したんだ。違うか？」

「心外ですわ。そのようなことはしておりません」

とんでもない言いがかりだ。アニュエラは首の後ろが、かっと熱くなるのを感じた。これほど怒りを感じたのは、久しぶりかもしれない。

「では彼女たちとは、なんの話をしていた？　ミリアの悪口で盛り上がっていたのではないか？」

「王宮での暮らしや妃教育について聞かれたので、お答えしていただけです」

例の男爵令嬢と歓談しているうちに、ほかの令嬢も集まってきたのだ。皆最初は敵意と警戒心を剥き出しにしていたが、会話を続けるうちに態度が軟化していった。

ある令嬢はひどく驚いていた。

噂と全然違う、と。

噂など、そのほとんどは妬《ねた》みと偽りでコーティングされた作り話にすぎない。「アニュエラは王太子を蔑《ないがし》ろにしている」という話も、単に妃教育が忙しくて彼に会う時間がなかっただけだ。

アニュエラとの交流で、彼女たちはそのことを知ったようだった。

「嘘だと思われるのなら、ほかの参加者や給仕に確認なさってはいかがですか？」

「わ、私は多忙の身なのだ。そんなことをしている暇などあるか！」

このまま逃げるつもりか、この男は。込み上げる怒りを吐き出すように、アニュエラは深呼吸する。

「殿下、私を疑ったことを謝罪してください」

「疑われるような行動をしたお前が悪い！」

子どもじみた理由を述べると、サディアスは足早に退室していった。

旗色が悪くなると、一方的に話を切り上げて逃げていく。夫の悪い癖だ。今はまだ許されているが、即位したらこうもいかないだろう。

しかし今問題にすべきなのは、ミリアのほうだ。

サディアスはああ言っていたが、自分が主催する茶会で侍女たちの悪口を言うなど非常識としか言いようがない。

——常に淑女らしい振る舞いを。

話を聞く限り、ミリアにはそれが欠けている。彼女はすべての貴族女性の手本になることを求められているというのに。

「大丈夫なのかしら……」

何かもう、あらゆる意味で。

アニュエラはぬるくなった紅茶を飲みながら、他人事のように思う。


実のところ、まったく大丈夫ではなかった。

数日後、王宮では新たな事件が発生していた。


「お、おぬしら……自分たちが何を言っているのか、理解しているのか？」

「はい。ミリア妃の教育係を辞退させていただきたく存じます」

すげない返答に、国王は目まいを起こしそうになる。早朝、ミリア妃の教育係一同が謁見を申しこんできたのだ。それも本日中に、と。

一日の予定を、崩すわけにはいかない。宰相は彼らの要求に難色を示したが、彼らの中には高位貴族出身の学者もいて、すげなく断るわけにもいかなかった。

謁見を許した彼らの手には辞表が握られていた。

「給金はしっかり支払っているではないか。何が不服なのだ」

国王にとっては予想外の事態だ。その顔には、困惑の色がありありと浮かんでいる。

「待遇に不満はございません。よくしていただいております」

「ならば……」

「ですが、我々はこれ以上ミリア妃にお教えすることはできません」

中央に立っていた初老の男性が、強い口調で断言する。

かつては王妃の教育係も担った言語学者だ。辛辣《しんらつ》な言葉に、国王は低く唸《うな》った。

「ミリアが幼稚な性格であることは、事前に伝えていたではないか。そしておぬしたちも、それを了承したはずだろう」

「おっしゃる通りです。しかし何事にも限度というものがございます」

「う、うむ。であるなら、幼い子どもを相手にしていると思って……」

「彼女はいずれ王妃となるお方です。子ども扱いなどできません」

なんとか説得を試みるが、彼らの意思は鋼よりも硬い。表情ひとつ変えることなく切り返され、国王は答えに窮《きゅう》した。

ノーフォース公爵家の令嬢が、未熟であることは承知していた。もっとあけすけな言い方をしてしまえば、頭の足りない娘だ。

王妃もそのタイプだった。今でこそ威厳のある振る舞いをしているが、若いころは侍女たちも手を焼いていた。

だが、教育係たちが匙《さじ》を投げるほどではなかった。

だから、ミリアもどうにかなる。

そう軽視していた結果がこれだ。国王は自分の考えが浅はかだったことを、今この瞬間思い知った。

しかし、すでに手遅れだ。

「アニュエラ妃の際に楽をした反動かもしれませぬな。あの御方は与えられた課題を難なくこなし、我々と談笑を交わす余裕さえありました」

アニュエラを引き合いに出され、国王はぴくりと眉を動かす。

「とにかく、辞職は認めん。ミリアの妃教育を続けよ」

「……肝心の本人に意欲がないのに、どうしろとおっしゃるのです」

「そこをなんとかするのがおぬしたちの仕事であろう！　私の命に逆らうなら、反逆と見なすぞ！」

国王はいら立ちに任せ、椅子の手すりを拳で叩いた。

ミリアを正妃にしたことを、責められているような気分だ。

妃に一番重要なのは家柄だ。高貴な生まれであり、整った容姿の持ち主であれば、教養や礼節などあとで身につけさせればよい。そう考えている。

身につかないのは、教育係たちの怠慢《たいまん》にほかならない。

「どうぞ、お好きになさってください。我々を処刑しても、なんの解決にもならないかと思いますが」

辞表を提出すると決めた時点で、覚悟を決めていたのだろう。この国の賢人たちに、脅しは通用しなかった。

「――というわけで、近々王宮を去るつもりでございます。今までお世話になりました」

元教育係の女性が挨拶にやってきた。彼女から事の経緯を聞かされ、アニュエラは開いた口が塞がらない。

「えぇ……？」

王太子妃の教育係が一斉に辞表を出した。そんな馬鹿な話、聞いたことがない。

彼女は平民の生まれではあるが、高名な学者の娘で、もともとは市井《しせい》で子どもたちに教育を施していた。その評判を耳にした国王により、妃教育の教師に任命されたのだ。選りすぐりの教育係の中でも、最も信頼されていた。

彼女の聡明さは、アニュエラもよく理解している。だからミリアのことも、彼女に任せておけば大丈夫だろうと思っていたのだが、どうやら甘かったようだ。

「私にとってアニュエラ様と過ごす日々は、とても充実しておりました。未来の国母《こくぼ》に仕えることがどれだけ誇らしかったか……」

元教育係の目には光るものが浮かんでいた。泣くほどつらかったのかと、アニュエラは戦慄《せんりつ》する。

「はっきり申し上げます。ミリア様は王妃の器ではございません」

元教育係の歯に衣着せぬ物言いに、アニュエラは目を丸くする。

「そのようなことをおっしゃってはいけませんわ。誰が聞いているかわかりませんもの」

「かまいません。私はもうじき辞めますし、むしろ今すぐ王宮から追い出されたほうがマシです」

元教育係が今まで見たことのないくらいの晴れ晴れとした笑顔で毒づく。

よほど腹に据えかねているようだ。少し怖い。

「……ミリア様はそんなに覚えが悪いの？」

好奇心が湧いてきた。

元教え子ではなくひとりの友人として、アニュエラは尋ねた。

「それ以前の問題です」

元教育係はうんざりした表情で答えた。

「どういうこと？」

「そもそも妃教育を受けようとしません。あれこれ理由をつけて、逃げ回っておられます」

「勉強嫌いのお嬢様なのね。気持ちはわからなくもないけど」

アニュエラは皮肉げに笑った。

自分ですら嫌気の差す地獄の日々だったのだ。あの幼さが抜け切っていない少女に耐えられるとは思えない。

「それだけではありませんね。妃教育が終わるのを、先延ばしにしているように思えます」

「先延ばしに……ああ、そういうこと」

「はい。妃教育が終わると、一気に公務が増えますからね」

「王族に公務はつき物でしょうに。それは彼女も理解しているのでは？」

「まさか。『妃は綺麗にして、王様の隣で笑っているのが仕事でしょ？』と、大真面目な顔でおっしゃっていましたよ。それを聞いたときは、卒倒しそうになりました」

「側妃であれば、それでもよかったでしょうね……」

現に、側妃のアニュエラには公務が与えられていない。

「側妃であっても、最低限の教養は身につけてもらわなければ困ります。王家の人間であることに変わりはないのですから」

元教育係の愚痴《ぐち》は止まらない。

この口振りから察するに、ミリアはその最低限の教養すら習得していないようだ。

ノーフォース公爵夫妻は、ずいぶんとひとり娘を甘やかしていたらしい。どの家に嫁がせても、多少は目をつむってくれると高《たか》を括《くく》っていたのだろう。

国王やサディアスの焦る顔が目に浮かぶ。アニュエラはほんの少しだけ彼らに同情した。

「あのような恥知らずが国母《こくぼ》だなんて、この国最大の汚点となりますよ」

元教育係の表情は暗い。ミリアを見捨てる選択をしながらも、この国の未来を案じているのだ。

サディアスが即位したら、おのずとミリアが王妃となる。

ミジューム王国の暗黒時代の始まりだ。

彼女が嘆く気持ちもわかる。

ただアニュエラの関心事はもうひとつあった。

（そのころには、私は離縁できているかしら……）

この国や王家がどうなろうと知ったことではない。

サディアスに捨てられた暁《あかつき》には、隣国にでも渡って、学者を志そうと思っている。父は反対するだろうが、兄が説得してくれるだろう。

『アニュエラ様』

ふいに、ある人物の姿が脳裏に浮かんだ。

彼とはもう何年も会っていない。

王太子の婚約者に選ばれたときに、長年続けていた手紙のやり取りもやめた。彼からの手紙も、一枚残らずすべて燃やした。

未練を断ち切り、王家に身も心も捧げるために。

王太子を支え、世継ぎを産み、国と民を守る。

それがアニュエラの使命だったのだ。お飾り側妃として、公務にも参加せず自堕落《じだらく》に生きるはずではなかった。

かつての自分が、この現状を見たら「情けない」と嘆くだろう。

「アニュエラ様？　どうかなさいましたか？」

「あ、いえ……なんでもないわ」

アニュエラは笑顔を取り繕った。胸の奥でうずまく感情に見て見ぬ振りをして。

そのとき、部屋の扉をノックする音がした。許可すると、侍女が「失礼します」と入ってくる。

「アニュエラ様、お手紙でございます」

淡い桃色の封筒を手渡される。

送り主を確認して、アニュエラは頬を緩めた。元教育係が退室したあと、開封して便箋《びんせん》に目を通す。

(あら、私なんかでいいのかしら?)

自分よりもっと適任がいるような気がするが、わざわざ指名してくれたのだ。断るわけにはいかない。

アニュエラは早速行動に移った。


ミリアの教育係が、全員辞めると宣言した。

前代未聞の事態は、サディアスの耳にも入った。そして父である国王に呼び出された。

「勉学に励むよう、お前からミリアに言い聞かせよ」

「私から……ですか?」

サディアスはあからさまに眉をひそめた。

「学ぶつもりのない者に教鞭《きょうべん》を振るうことはない。それがヤツらの主張だ」

「反逆罪で縛《しば》り首にすると、脅せばよいではありませんか」

王家が、臣下の顔色を窺う必要などないのだから。

しかし、その提案に国王は深くため息をつく。

「それはすでに試したが、無駄だった」

「であれば、実際に見せしめとして誰かを処刑すれば……」

「そのようなことを行えば、新しい教育係は一生決まらんぞ」

皆、処刑を恐れて逃げ出すのが目に見えている。国王もさすがに、それは理解していた。宰相に進言されるまでもなかった。

だが、残念ながらサディアスは盲目《もうもく》だった。

「集まらなければ、王命を下せばよいではありませんか」

国王の眉間の皺が一層深くなる。

「サディアス……これしきのことで王命を出してみよ。近隣諸国に『そこまでしなければ、仕えたいと思えない正妃』という印象を与えかねん」

「それは……困りますね」

側妃だけではなく正妃まで問題ありの王太子。

そう呼ばれる未来を想像して、サディアスは苦り切った表情を浮かべた。

「よいな、我が息子よ」

「……うけたまわりました」

なぜ、私がそんなことを。文官どもに任せればいいのに。

文句は山ほどあるが、従うしかない。面倒事を早く済ませるべく、サディアスはミリアのもとへ向かった。

「ミリア、もう少し真面目に勉強してくれないか？」

ベッドの上で膝を抱えている妻に、優しく語りかける。

「そ、そんな。私だって頑張ろうと思っております。ただ、体調が優れないときに勉強をしても、頭に入りませんし……」

目を泳がせながら弁明する。仮病を使い、妃教育から逃げているのは本当のようだ。

そんな子どもらしいところも可愛いと思う。

だが、見過ごすわけにはいかない。ミリアが真面目に打ちこまなければ、連帯責任でサディアスも叱責される。

「まったくというほどではないだろう？　ほんの少しずつでいい」

「……」

サディアスの言葉は、ミリアの心には露ほども響かないようだ。不満そうな目つきで睨まれる。

「で、では頑張ってくれ」

ミリアの頬に口づけをして、サディアスは逃げるように部屋をあとにする。

(私は私で忙しいのだ)

近々、他国の豪商を我が国に招く予定になっている。いくつもの国と契約を結んでおり、さらなる発展が見込まれる超大物だ。

その会長一家との会食を取りつけることに成功した。向こうも、こちらと接触する機会を窺っていたのだろう。

この近隣の諸国で、いまだ契約を結んでいないのは我が国だけ。

絶好のチャンスを逃すわけにはいかない。

最高級の食材を用意し、一流のシェフに調理させる。ワインも我が国随一の銘柄を用意させ……

「ん？」

執務室に戻ろうとすると、その途中でアニュエラを見かけた。侍女を引き連れ、どこかへ外出しようとしているようだった。

微笑を浮かべたその横顔が気に入らない。つい話しかけてしまった。

「待て、どこへ行くつもりだ」

「殿下やミリア様と違ってすることもありませんし、田舎町に遊びに行こうと思いますの。それでは失礼いたします」

うやうやしく頭を下げて、アニュエラが静かに去っていく。

品のある見事な所作だ。後ろ姿ですら美しい。

いまだにカーテシーですら、完璧にこなせないミリアとは違う。そこまで考えたところで、サディアスはぎくりとした。

（バカなことを考えるな！　アニュエラがミリアより優れているなどと……）

たしかに、ミリアは同世代の娘に比べて幼稚なところがある。だがアニュエラのように、癇に障る物言いはしない。

だいたい、今田舎町に遊びに行くなど、いったいどういう神経をしているのだ。

教育係の件で、王宮が騒ぎになっているのは知っているはずだ。自室でおとなしく引き籠もっていればいいものを。

会食の件が落ち着いたら、アニュエラの処遇を真剣に検討しなければ。

サディアスは小さく鼻を鳴らした。

第二章　商会の娘

一か月後。

豪奢《ごうしゃ》な造りをした一台の馬車が、王宮の正門をくぐった。

そこから降りてきたのは、壮齢の男女と美しい顔立ちの少女だった。

クレイラー商会の会長夫妻と、そのひとり娘である。

「此度は、遠路はるばるご足労いただき感謝いたします」

文官とともに、一家を出迎えたサディアスはうやうやしく腰を折った。

「こちらこそ、ご招待いただきありがとうございます」

会長もにこやかに会釈をする。

最初の掴みは完璧だ。サディアスは自信に満ちた笑みを浮かべる。

（それにしても……）

会長の娘をまじまじと観察する。

艶やかな黒髪に菫色《すみれいろ》の瞳。どちらも、この国ではあまり見かけない色彩だ。それに加えて、まっすぐ伸びた鼻筋と柔らかな印象を与える垂れた目尻。

「お初にお目にかかります、サディアス王太子殿下。私はアリーシャと申します」

サディアスはごくりと唾を飲んだ。

娘に対して不思議な欲求が芽生える。彼女にもっと近づきたいような、彼女を手に入れたいような……

「あの……どうかなさいましたか？」

熱視線に気づいたアリーシャが、不思議そうに尋ねる。

サディアスはそこで我に返り、ぎこちなく笑った。

「い、いえ。美しい方だと思っただけです」

「まあ、ありがとうございます」

正直な感想を述べると、アリーシャは気恥ずかしそうにはにかんだ。陶器のような頬に、うっすらと赤みが差す。

ミリアともアニュエラとも違うタイプの美女だ。サディアスは胸の高鳴りを感じずにはいられなかった。

「では、早速ご案内いたします。こちらへどうぞ」

文官を先頭にして、王宮の廊下を進んでいく。

豪商といえども、王宮に立ち入る機会は少ないのだろう。アリーシャは珍しそうに周囲を見回していた。

微笑ましい気持ちになり、サディアスは頬が緩みそうになる。

それにしても、先ほどからミリアの姿が見えない。自分とともに、会長一家を出迎えるようにと言っていたはずなのだが。

（だが、これはこれでいいのではないか……？）

以前に比べたら大分改善されたが、ミリアの食事作法はいまだに怪しい部分がある。スープは音を立てて飲むし、ナイフとフォークを使うときもカチャカチャとうるさい。

万が一、食事中に粗相《そそう》でもされたら、会談に影響が出かねない。

しかもクレイラー商会の本拠地は遠く離れた小国で、独自の言語を第一言語として使用している。

ミリアがそれを習得しているとは思えない。

そもそもこの国で習得している者は、どれほどいるだろうか。サディアスもこの日のために急遽《きゅうきょ》覚えたくらいだ。

（アニュエラならあるいは……）

アニュエラは近隣諸国の言語を、ほぼ会得していた。教育係や侍女が大層褒めていたのをよく覚えている。

彼らの言葉は、サディアスをひどくいら立たせた。

『アニュエラ様がついていれば、殿下もご安心ですね』

侍女長からそう言われたときは、愚弄するなと叫びたくなった。

あんな女がいなくても、やり切ってみせる。サディアスは気を引き締めて、食事の席に着いた。

宮廷料理人が腕によりをかけて作った前菜が、テーブルに並べられていく。

そのあとはポタージュ、魚料理、肉料理……

普段、王族でも滅多に口にできない食材をふんだんに用いたそれらに、会長が感嘆の声を上げる。

「味、食感、香り、見た目、食材……どれをとっても見事な料理の数々です。このような手厚いもてなし、感謝いたします」

「こちらこそ、気に入っていただきありがとうございます」

サディアスは柔和な笑みを浮かべ、感謝の言葉を述べる。

そして、視線をさりげなく会長からアリーシャへ移す。彼女もサディアスを見ていたようだ。視線が交わった。

互いに笑みを零《こぼ》しながら、サディアスは内心で動揺していた。

あの視線には見覚えがある。

あれは自分に想いを寄せる乙女の眼差しだ。間違いない。

(これは……参ったな)

突然降りかかった難題に、サディアスは苦笑した。

自分にはすでに妻がふたりもいる。さすがに三人目を迎えるわけにはいかないだろう。

過去には多数の側妃を娶《めと》った王もいたが、妃同士の確執が多発したそうだ。そして最終的に、国王が暗殺されるという結末を迎えている。

あまりに惨《みじ》めで滑稽な最期だ。同じ轍を踏む気は毛頭ない。

(だが……彼女は魅力的だ)

サディアスは、アリーシャの赤い唇に目が釘づけになっていた。唇同士で触れ合い、その柔らかさと味を存分に味わいたい。

込み上げる衝動を、ワインとともに胃の中へ流しこんだ。

会食は滞《とどこお》りなく終了した。

契約に関する会談は三日後に行われる。明日明後日はこの国を観光したいとのことだった。

「私が案内人を務めましょう」

サディアスは笑顔で申し出た。

「いえ、殿下にそこまでしていただくわけにはまいりません。どうかお気になさらずに」

「あなた方を我が国にご招待したのは、この私です。お任せください」

会長にやんわりと断られても、サディアスは諦めない。

観光する予定と聞いていたので、事前にその準備を行っていたのだ。高位貴族御用達のレストランも、貸し切りの手配を済ませている。

たしかに詳しい話も聞かずに勝手に準備したのは、こちらの落ち度だ。だがその辺の案内業者よりも、自分のほうが彼らを満足させられる。

ふたりの問答に終止符を打ったのはアリーシャだった。困ったように眉を下げながら言う。

「申し訳ありません、殿下。明日明後日は、私の友人に観光のガイドをお願いしているのです」

え、とサディアスは思わず声を漏らした。

「この国にご友人がいらっしゃったのですか？」

「はい。以前から文通をさせていただいております」

「そうですか……」

笑顔で言われてしまっては、サディアスは引き下がるしかない。

友人と言うからには女性なのだろう。いや、女性であってほしい。そうに決まっている。

「あら？　殿下はご存じないのですか？」

「え？」

そのとき、コンコンと扉をノックする音が鳴った。何かあったのかと、サディアスは眉をひそめる。緊急のとき以外は、文官や侍女の立ち入りは禁じていた。

「アン様だと思います。食事が終わったころを見計らって、こちらにいらっしゃるとのことでしたので」

アリーシャが声を弾《はず》ませる。

アンとは誰だ。

サディアスがさまざまな人物を思い浮かべている間に、扉はゆっくりと開いた。

そして、ひとりの女性が悠然とした足取りで入ってくる。

「アニュエラ……!?」

サディアスは驚愕のあまり、目を剥いた。

「君は何をしているんだ！　さっさと自分の部屋に戻れ！」

サディアスは声を荒らげながら、アニュエラにつめ寄った。

するとと少し迷惑そうにアニュエラが答える。

「何って……私の友人に会いに来ただけですわよ」

「友人？」

とてつもなく嫌な予感がする。頼むから外れてくれと、サディアスは信じてもいない神に祈った。

だが、神はサディアスに味方しなかった。

「アン様、お久しぶりでございます」

アリーシャがうれしそうに笑う。サディアスと話していたときよりも、ずっと可愛らしい表情をしている。

よりによって、アニュエラなんかに。

サディアスは沸き上がる怒りと嫉妬心で、奥歯をきつく噛み締めた。

◇◆◇◆

アニュエラは友人アリーシャに挨拶を済ませ、自室に戻った。早く明日の準備に取りかかりたい。

だが、当然のようについてきた夫が、それを許そうとしない。

「ふざけるな！　今すぐにガイド役を降りろ‼」

サディアスの怒号が室内に響き渡る。どうしてそんなことまで指図されなければならないのか。

アニュエラの答えはもちろん決まっている。

「お断りしますわ」

「側妃の分際で、私に逆らうつもりか⁉」

「側妃にも殿下に逆らう権利はございます」

「なんだと⁉」

サディアスの顔が赤く染まる。

本当に沸点の低い男だ。

「そもそも、なぜクレイラー商会との関わりを黙っていた⁉　本来は私に報告することだろう！」

「あら、ごめんなさい。とっくの昔に、ご報告したと思っていましたわ」

アニュエラは悪びれることなく言った。夫を見るその目は冷たい。

アリーシャと文通を始めたのは、たしか四年ほど前だっただろうか。一応サディアスにも話したはずなのだが、すっかり忘れているようだ。

(まあ、無理もないでしょうね)

当時のクレイラー商会は創立したばかりで、まだ無名の存在だった。それがたった数年で、その名が広く知れ渡るまでに成長したのだ。類稀《たぐいまれ》なる経営手腕である。

「それに、ガイドの件はアリーシャ様がご依頼くださったことです」

「どうして、君のような女性を……！」

「気の置けない友人に頼むのは、普通だと思いますけれど」

「それは……そうだが」

さすがに何も言い返せないようだ。しおらしくなったところで、アニュエラはひとつ忠告することにした。

サディアスではなく、友人のために。

「ちなみに、アリーシャ様のことは諦めたほうがよろしいかと」

「な、なんのことだ」

しらを切ろうとしているが、アニュエラの目はごまかせない。

「彼女には、想いを寄せている方がいらっしゃいますの」

「は？」

サディアスはぽかんと口を開けた。顔から表情が抜け落ちている。

「商会の従業員の方だそうです。とても仕事熱心で誠実な方とお手紙につづられていましたわ」

「従業員……ということは、まさか平民か？」

「ええ」

アニュエラは笑顔でうなずいた。

これで、アリーシャのことは綺麗さっぱり諦めるだろう……と、思っていたのだが。

「どうしてそのような男と!?　彼女は会長の娘だぞ！　もっとふさわしい相手がいるはずだろう！

貴族や王家に嫁ぐべきだ！」

現実を受け止められないのか、サディアスが悲痛な叫びを上げる。しかも、本音がダダ漏れだ。

本気でアリーシャを狙っていたと判明して、アニュエラは青筋を立てた。

いい加減にしてください、バカ王子。

「クレイラー会長は優秀な従業員の中から、後継者をお選びになるご予定です。そして彼は、その第一候補ですわよ。アリーシャ様のお相手には十分ふさわしいと思いますわ」

「だが……！」

ここまで言っても、まだ納得できないらしい。まるで聞き分けの悪い子どもを相手にしているような気分だ。

アニュエラの語気は、いささか強くなる。

「とにかく、アリーシャ様にご自分の感情を押しつけるのはお止めください。お願いいたします」


あの女は何もわかっていない。

サディアスは廊下を歩きながら、アニュエラの話を脳内で反芻《はんすう》していた。

（アリーシャが従業員の男を好いていたのは、以前のことではないのか？）

あの熱を帯びた視線は、決して気のせいではない。多くの令嬢を見てきた自分には、いや自分だからこそわかる。

（今、アリーシャの心の真ん中にいるのは私だ）

サディアスはそう信じて疑わなかった。

結局、会長一家はアニュエラの案内で国内を巡った。

近ごろアニュエラが頻繁に外出していたのは、このためだったらしい。初めからサディアスの出る幕ではなかったのだ。

「とても有意義な二日間だった。アニュエラ妃には感謝しております」

会談が始まる前に、会長は感想を述べ始めた。

どうやら田舎町を中心に巡ったらしい。サディアスは深く謝罪した。

「申し訳ありません。私の妻が、そのような辺鄙《へんぴ》な場所にお連れしてしまって……」

「いいえ。我々は仕事柄市街へ出向くことが多いので、たまには静かな場所でのんびりしたいと、妻や娘とも話しておりました」

「そ、そうでしたか」

「それに、素晴らしいワインとも巡り合えました。小さな工房で作られているものですが、世に広く出回っていないのがもったいないほどの美味しさです、土産に五本ほど買ってしまいました」

「それはそれは。私も今度、購入してみようと思います」

アニュエラに手柄を横取りされた気分だ。サディアスは会長との会話に花を咲かせながら思う。

正直、悔しくてたまらない。

しかし、田舎を案内してくれと自分に頼まれたとして、はたして会長たちを、これほど満足させられただろうか。

（いや、アニュエラは事前にどのような場所を回りたいのか、リクエストを受けていたのだろう。同じ条件であれば私にも……）

十分にありえるはずだった未来に思いを馳せる。

「殿下？　いかがなさいました？」

「いえ……」

今は会談に集中するのだ。アニュエラに対する怒りを一旦忘れることにした。

会談は三時間に及んだが、双方《そうほう》の理想に叶う契約が実現できそうだった。

アニュエラに激しい嫉妬心を燃やしていたことが馬鹿馬鹿しくなる。

たかだかガイドで褒められたくらいだろう。こちらは大きな契約を結ぼうとしているのだ。重要度が違う。サディアスは満足げに口元を緩ませた。

「殿下？　お父様とのお話は終わったのですか？」

「ええ。このような場所でお会いするとは奇遇ですね」

王宮のバルコニーでひとり佇《たたず》んでいたアリーシャに声をかける。

実は奇遇ではない。侍従に命じて、彼女の動向を見張らせていたのだ。

「とても楽しい数日間でした。アン様にお会いしたくて、お父様に無理を言って連れてきてもらった甲斐がありました」

「……私もあなたにお会いすることができてうれしいですよ」

「本当ですか？　私もです」

アリーシャが穏やかに微笑みながら同調する。

ほら見ろ、とサディアスは心の中でアニュエラを責めた。

やはり今この少女の心を占めているのは、従業員ではなく自分だ。

「でしたら、私のもとにお越しください。きっと幸せにしてみせます」

「……え？」

「あなたは貴族ではなく、商家の人間です。なので正妃にすることはできませんが……」

「あ、あの殿下？　私はそのようなことは望んでおりませんが……」

「いえ。あなたのような美しく清らかな女性を、単なる愛人にすることはありません。ぜひ、側妃になっていただきたい」

真剣な表情で、自分の気持ちを正直に告げる。

すると、アリーシャは「はぁ」と曖昧《あいまい》な返答をした。

きっと照れているのだろう。サディアスは「では私はこれで失礼します」と、頭を下げてバルコニーから離れていった。

だから、その後ろで、アリーシャが首をかしげていることなど知る由《よし》もなかったのだ。

サディアスの活躍により、クレイラー商会との契約は締結した。

会長一家が帰国して三週間後、詳しい契約内容を記した書簡が届いた。

宰相は上機嫌な様子でそれを読む。

ミジューム王国の国力は、近隣諸国の中では下から数えたほうが早い。

特産物もなければ、農産業、製造業ともに労働生産性が低く、周囲の国からは旨みのない国と揶《や》揄《ゆ》されている。

だが広く見渡せば、本国にも良質な農産物や工芸品は決して少なくはない。クレイラー商会との契約により、それらを他国に流通させる。そうすれば諸国の、ミジューム王国に対する見方も変わるだろう。

「……ん？」

書簡を半分ほど読み進めたところで、宰相は訝《いぶか》しげに眉を寄せた。

契約の内容がどうもおかしい。サディアスが会長と取り決めたという事柄と、ところどころ食い違っている。

しかもそれらは、いずれもミジューム側の利益が少なくなるように設定されていた。

これはまずい。宰相は血相を変えて、国王とサディアスにこのことを報告した。

「……サディアス。会長とはうまく話をつけたと申していなかったか？」

「つ、つけましたとも！　ですから、契約を結ぶことができたのです！」

なぜこのような結果になってしまったのか理解できない。サディアスはまるで裏切られたような気持ちだった。

「だが、これでは想定していた六割ほどの利益しか得られぬぞ。農産物の輸出量もこれだけでは……」

「そんな……これは何かの間違いです！」

このまま素直に応じるわけにはいかない。サディアスは至急、クレイラー商会に抗議の書状を送った。

返信が届いたのは、その一週間後。

真っ先に内容を確認した宰相は、その場で崩れ落ちた。

――ミジューム王家に明るい未来を見ることができない。貴殿方とは慎重な付き合いをさせていただく。

要約すると、そのような文面だった。

あの会談で会長が見せた笑顔はなんだったのか。困惑と焦りで体を震わせるサディアスの目に、とんでもない文章が飛びこんできた。

ミジューム王家とだけではなく、なんとルマンズ侯爵家とも固有契約を締結させたという。

ルマンズ侯爵家はアニュエラの生家だ。

契約内容の一部が記載されているが、侯爵家が大きな恩恵を得られるものとなっている。

クレイラー商会は、王家ではなくルマンズ侯爵家を取ったのだ。

サディアスにとって想定外の事態は、それだけではない。

クレイラー会長夫妻から、娘が王太子に一方的に言い寄られたと、抗議の文書が国王宛てに届いたのである。

ただちに緊急の会議が開かれた。

「サディアス……どういうことなのか、説明してもらおう」

国王が険しい表情で、サディアスに問う。

会議室には宰相や外務大臣、外務官が揃っていた。

その全員がサディアスに厳しい視線を向ける。尋問を受けているような心地がして、冷や汗が止まらない。

「私はただ……アリーシャ嬢と相愛の仲だと……」

「相愛？　寝言は寝てから言え。突然お前に迫られて、アリーシャ嬢が困惑していたそうだぞ」

国王の言葉が、サディアスの心に深く突き刺さる。

重苦しい空気が流れる中、宰相が抗議文の要点を述べる。

「幸い、アリーシャ嬢は気分を害していらっしゃらないとのこと。しかし、このことを知った会長夫妻がご立腹なのでございます」

「気分を害していない？　だとすれば、やはりアリーシャ嬢は私に恋慕しているということだろう。会長夫妻がひとり娘可愛さに憤慨《ふんがい》しているだけじゃないのか……」

そうであってくれと願いながら、サディアスはぼそぼそと口を動かす。

そんな希望を打ち砕くように、国王が拳でテーブルを勢いよく叩いた。

「馬鹿者！　アリーシャ嬢には意中の相手がいるそうだ！」

「し、しかし、それは以前の話であって……」

「帰国後、本人がそう打ち明けたらしい。相手は商会で働く従業員だそうだ」

「ですが、彼女は私を熱い視線で見つめていて……」

「お前の勘違いだ、馬鹿者!!」

再び『馬鹿者』と罵倒《ばとう》された。しかも一回目よりも語気が荒い。

勘違いと一刀両断され、サディアスの顔に熱が集まる。ここまで言われたら、さすがに自分の思い違いだったと認めざるを得ない。

もちろん彼を擁護する者は誰もいない。宰相は額に手を当ててため息をつき、外務大臣や外務官は沈んだ表情で沈黙を続けている。

国王にいたっては、これまで見たことがないような怒りの形相《ぎょうそう》でサディアスを睨んでいた。まるで針のむしろに座っているようだ。サディアスは豪奢《ごうしゃ》な椅子の上で、身を縮めていた。

だが、クレイラー会長も人が悪い。

「……たしかに今回のことは、私の浅慮さが招いた事態です。ですが、だからといってこれしきのことで、契約内容を勝手に変更するなど大人げないではありませんか……！」

「これしきのことだと？」

サディアスの言葉を復唱したのは国王だった。閉じた扇を握り締める手が小刻みに震えている。

「我々と商会、どちらが上の立場か、お前は理解していないのか？」

「そ、それは……」

片や取り立てて褒めるもののない小国の王家。

片や世界を股にかける大豪商。

考えるまでもない。だからこそサディアスも、プライドを捨てて可能な限り低姿勢に徹したのだ。

それがこんな形で水の泡になるとは、誰もが、サディアス自身さえ想像していなかった。

「王太子殿下の謝罪は求めない」と記されていた。許すつもりがないと宣言しているようなものだ。

自らの非を認めて頭を下げるサディアスだが、謝ったところでどうしようもない。手紙には

「申し訳……ありませんでした」

国王がぽつりと言葉を零《こぼ》す。

「お前の悪癖《あくへき》は、まだ直っていなかったか……」

父の指摘に、サディアスはぎくりとする。

自意識過剰。

惚れっぽい。

サディアスはその両方を併せ持っていた。

そして、幼いころから些細な出来事で相手が自分に好意を寄せていると思いこむ癖があった。

目が合った。彼女はきっと私に惚れているのだろう。

笑顔が可愛い。彼女は私に想いを寄せているに違いない。

贈り物をくれた。彼女はおそらく私を愛している。

そのような妄言を口にしては、周囲を困らせていた。

過去には取り返しのつかない事件も起こった。

まだ十歳に満たないころの話だ。

とある伯爵家の令嬢に言い寄り、その場に居合わせた彼女の婚約者と口論となった。そして激高した婚約者に、サディアスは殴り飛ばされた。

このときは、王太子というだけで、サディアスは許された。いや、水面下で国王が動いていたようだが、とにかく厳しい処分は免れた。

しかし暴力を振るった子息は、そうはいかない。

当然、婚約は破談。子息は両親とともに、爵位を返上し、この国を去った。

このときばかりは、サディアスは猛省した。二度と同じ過ちは繰り返さないと誓ったが、そのあとも似たような騒動を起こした。

そんな王太子の暴走が治まったのは、アニュエラが婚約者になってからだった。

『あの令嬢が殿下に気がある？　お言葉ですが、あの方にはすでに婚約者がいらっしゃいます』

『婚約者と言っても、親が決めた相手だろう？　君はあの目を見ていないから、そのようなことが言えるのだ』

『殿下がどのように思われようとかまいませんが、あのおふたりは互いを想い合って婚約なさったのです。殿下が妙なことをなさって破談になれば、王家に対する不信を招くことになります。どうか冷静にお考えください』

『ぐっ……』

サディアスが令嬢となんらかの接触をすると、アニュエラは必ずと言っていいほど釘を刺した。

その甲斐あって、サディアスは女性関係で問題を起こすことがなくなった。

だから成長するにつれて、完治したのだと誰もが思いこんでいた。

単に、アニュエラが王太子の手綱を握っていただけにすぎなかったのに。

そして、アニュエラというストッパーがいなくなったことにより、サディアスは最悪な形で悪癖《あくへき》を発動させたのだった。

サディアスには謹慎が言い渡された。

本人は「私がいなくなったら、誰が公務を行うのだ」と不満そうだったが、問題を起こした王太子を自由にさせておけば批判が集まる。

現に、今回のサディアスの所業は、多くの貴族たちを落胆させた。妃がふたりもいるというのに、取引相手の娘に手を出そうとするなど言語道断だと。

当分の間は、表舞台から姿を消してもらうほかなかった。

「ごめんなさい。今日は頭が痛くて……集中できそうにありませんの。お休みさせていただきますわ」

そのころ、ミリアはあいかわらず妃教育から逃げていた。サディアスに言われたことなど、これっぽっちも記憶にない。

「ミリア様、妃教育はしっかり受けていただかなくては困ります」

ミリアの侍女がやや強い語調で告げる。

本日も妃教育はほとんど進まなかった。それも「サディアス様が謹慎になって、とても悲しいの。お勉強どころではありませんわ」という稚拙《ちせつ》な理由で。

新しく着任した教育係たちも「本日は失礼いたします。このようなお方のために、時間を費やしている暇はございませんので」と秋晴れのような爽やかな笑顔で帰っていった。

「ひ、ひどいですわ。あのような言い方なさらなくたって。私はこんなに苦しんでいるのに……」

ミリアは目を潤ませながら、小さく鼻をすすった。

演技ではなく、本気で泣いているので余計にタチが悪い。心から自分のことをかわいそうだと思いこんでいるのだ。

自意識過剰な王太子と、被害妄想の激しい王太子妃。最悪な組み合わせだ。

「ですが王太子妃として必要な教養は、必ず身につけていただきます」

「そんなもの、もうつけていますわっ！」

「ちなみにそれは、どのようなものですか？」

どうせ、ろくなものじゃないだろう。侍女はため息混じりに尋ねた。

すると、ミリアはよくぞ聞いてくれましたとばかりに、胸に手を当てて語り始める。

「私はこんなに美しいですわ！　妃として一番重要なのは容姿だと、お父様とお母様がおっしゃってましたもの！」

王族は国の象徴だ。

いかなるときでも華やかでなければならない。

そういった意味では、公爵夫妻の言葉は一理ある。

だが、一番ではない。最も必要とされるのは礼節だ。

内面の気高さ、美しさは外面にも表れる。

しかし、その逆もしかり。

礼節をわきまえない人間は、いくら着飾っても幼稚さが顔に出る。

もちろんミリアは、後者だ。

「ほかにはございますか？」

「え、ええと……場を盛り上げることが得意ですわ！　私がお話をすると、皆さん楽しそうに聞いてくださるの！」

苦し紛れにしても、もっとまともなことは言えないのだろうか。以前のお茶会で、令嬢たちから冷遇されたことすら忘れてしまったのかもしれない。

「ほかには？」

侍女の追及は続く。

「ま、まだ言わないといけませんの？　……そうですわ、サディアス様は私の体型を褒めてくださいましたわ！　将来、健康な子を産めそうだって！」

「……それは何よりでございます」

「ふふっ。ですから、この国の勉強なんて必要ありませんわよね？」

この少女は、本気で言っているのだろうか。

「そういうわけにはまいりません。少なくとも、アニュエラ様はご自分から進んで勉学に励んでおられました」

側妃の名前が出ると、ミリアは露骨に顔を歪《ゆが》めた。

「ですけど、サディアス様がおっしゃっていましたわ！　いつも説教ばかりで口うるさい女だって！」

「アニュエラ様は殿下のことを思い、進言しておられただけです」

「な、なんですの？　あなたは私の侍女のくせに、あんな人の味方をなさるの？」

「当然です。正妃はアニュエラ様のほうがふさわしいと、私は今でも考えております」

一時の利益に目がくらみ、こんなお花畑頭を選ぶとは、国王と王妃は早まった真似をした。

王宮ではそのような声も聞こえてくる。

おそらく妃教育は永遠に終わらない。

「あなた、私にそんなことを言っていいと思ってますの⁉　陛下に言いつけてクビにしてやるんだから！」

幼稚な脅し文句に、侍女は噴き出しそうになるのをぐっと堪える。解雇をちらつかせれば、自分の言いなりになると思っているのだろうか。

「わかったら今すぐひれ伏しなさ……」

「いいえ、それには及びません」

「え？」

「私は本日限りで、王宮を去ることになっておりますので」

侍女が種明かしをすると、ミリアは「あら、そうですの？」とうれしそうに相槌《あいづち》を打った。

口うるさい従者がいなくなるとしか思っていないのだろう。それはそれで腹が立つ。

というわけで、新しい就職先を告げた。

「そしてルマンズ侯爵家に、お仕えすることになりました」

「は、はぁ？　どうしてアニュエラ様の実家なんかに……！」

侍女は「それでは失礼します」と告げ、颯爽と部屋をあとにした。最後に見た悔しげな表情を思い出すと、少しだけ溜飲《りゅういん》が下がった。


サディアスの謹慎が解かれたのは、一か月後のことだった。

しかしそれで元通りというわけにはいかない。

まず、クレイラー商会との商談から外された。

「なっ……それはどういうことだ！」

「陛下のご命令でございます。殿下はどうか、この件からは手をお引きください」

「だが、クレイラー商会の契約は、私が結んだものだぞ！」

アリーシャにはとんでもないことをしたと、十分反省している。だからこそ心を入れ替えて、誠心誠意外務にあたるつもりだったのだ。

だというのに、再起の機会を奪うつもりなのか。

「そのクレイラー商会からの要望です」

「何？」

「『サディアス殿下を関わらせるな』と会長から書簡が届きました」

「うっ……」

先方の要求を無視すれば、事態が悪化するかもしれない。サディアスはうなずくしかなかった。

しかし、気のせいだろうか。謹慎前に比べて任される仕事の量が減った。文官たちの視線が冷たく感じられる。

なんだろうか、この疎外感は。

寂しさを紛らわそうと、サディアスはミリアの部屋を訪れた。

「ミリアはどこに行ったのだ。なぜ部屋にいない？」

「申し訳ございません。ミリア妃でしたら、庭園にいらっしゃいます」

室内の清掃中だった侍女が、淡々と答える。

「庭園に？　散歩にでも行ったのか？」

「いえ。下位貴族の令嬢をお呼びして、茶会をなさっております」

「ま、待て。妃教育はどうした！」

サディアスは耳を疑った。

「殿下が謹慎されたショックで、勉強に集中できないとのことでしたので」

「そんな理由でサボっているのか!?　お前たちは何をしていたのだ！」

「無理矢理机に向かわせると、癇癪《かんしゃく》を起こされるのです。新しく就いた教育係も、十日も経たずに辞めていきました」

「なぜ引き止めなかったのだ！」

サディアスは高圧的な態度で問いつめる。すると、侍女は「そんなこともわからないのですか」と言うように、サディアスを睨みつけた。

「無茶をおっしゃらないでください。侍女の私たちでさえ、辞表を出すタイミングを窺っているのですから」

「しかし、今のままでは……」

ミジューム王国は現在、脆弱《ぜいじゃく》な小国という立ち位置から脱出しようと模索している。

クレイラー商会との契約は、その第一歩だった。

しかし、それを潰そうとしたのがサディアスである。

王家が担うはずだった役目は、ルマンズ侯爵家が問題なく務めている。王家とはついでに契約しているようなものなのだろう。

そのため、サディアスだけではなく王家そのものが白い目で見られている。

「せめて隣国の言語だけでも、至急覚えてもらわなければ困る」

来月、隣国で国同士の交流会が開かれる。それには近隣諸国の王族らが出席する予定だ。

ミジューム王国からはサディアスとミリア、そしてアニュエラが参加する。

どうやら、向こうの国の王女がアニュエラに招待状を送ったようだ。

隣国の王族とも親しい間柄とは。

またしてもサディアスの知らない事実だった。

どうしてあの女ばかり。

そう思う一方で、アニュエラが出席することに安堵する心もあった。認めたくはないが。

そして交流会当日。

サディアス、いやミジューム王家にとって忘れられない一日が始まった。

閑話　アリーシャのつぶやき

「あの王子は何を考えているんだ！」

アリーシャがこんなに怒った父を見るのは、初めてだった。その隣では、母が真っ青な顔で口元を押さえている。

「王太子が怖くて、なかなか言い出せなかったのね。気づいてあげられなくてごめんなさい、アリーシャ」

「いえ、私は……」

「もう何も言わなくていいのよ。私たちが絶対に守ってあげるから」

「はぁ」

目に涙を浮かべた母に抱き締められ、アリーシャはわけが分からず目を瞬かせる。

サディアスに求婚されたことを両親に報告したのは、帰国して数日経ったころだった。言いづらかったから、というわけではない。

単に、真に受けていなかったのだ。

（きっと殿下はワインをお飲みになっていたんじゃないかしら）

酔っていて、あんな冗談を口にしたのだろう。

そう思って深刻に捉えていなかった。

だから他愛のない話のつもりで、両親に話したのだ。

ところが、両親はみるみるうちに顔をこわばらせた。

「正妃にすることができないから、側妃になってくれだと？　私たちの娘を侮辱しているのか!?」

「しかも王太子は、すでにアニュエラ様を側妃にしているのよ。それなのにふたり目だなんて、非常識にもほどがあるわ。どのような教育をお受けになったのかしら」

「今にして思えば、初めて会ったときから、あの若者は胡散臭かったのだ。上辺だけ取り繕っているような薄っぺらさがあった」

両親の怒りは治まらない。険しい顔つきで、サディアスを非難している。

そこでようやく、アリーシャは事の重大さに気づいた。

同時に、親友の苦労を察する。

（そういえば、アン様からは一度も殿下のお話を聞かなかったわ）

以前からおかしいと思っていたのだ。

アニュエラが正妃になると聞かされていたのに、結婚式で王太子の隣で微笑んでいたのは別の少女だったという。

しかもアニュエラは側妃になったそうではないか。

手紙でそれとなく理由を聞いても、事情を明かそうとしなかった。

だが、今ならはっきりとわかる。

サディアスがミリアという少女に溺れ、正妃の座を彼女に与えたのだろう。

アニュエラの意思をないがしろにして。

「ミジューム王家とは一刻も早く縁を切りたいが、ミジューム王国の商品には、目を見張るものもある。あれらを手放すのは少々惜しいな」

「でしたら、ルマンズ侯爵家と個別に契約を結びましょうよ」

父は母の提案に笑顔でうなずく。

「うむ。アニュエラ妃には先日の礼があるからな。それに、あの家は貿易業にも力を入れていて、ほかの商会の評判もいいと聞く。取引相手としては申し分ない。だがまあ、私は商人だ。私情に駆られて、王家との契約を打ち切ることはせんよ」

そこまで言ったところで、アリーシャへ視線を向ける。

「ただし、お前を侮辱した報いはしっかり受けてもらう」

その言葉が何を意味するのか、アリーシャにはある程度見当がついている。

事前に通告せず不平等な契約に変えてしまうのだ。

当然、その原因を作った張本人は、責任を問われることになる。

あの王太子にはいい薬になるだろう。

(だけど、きっと効き目はないでしょうね……)

バルコニーで交わした会話を思い返し、アリーシャは肩をすくめる。

あの思いこみの激しさを、矯正することなど不可能だ。そんな確信にも似た予感があった。

第三章　交流会

　交流会は、隣国のレディーナ王国で開かれた。

　きらびやかな王宮には各国の重鎮たちが招待され、さまざまな言語が耳に入ってくる。その中には、サディアスが知らない言葉も含まれていた。

　まるで別の世界にやってきたような、奇妙な気分だ。サディアスは眉を寄せ、会場をしきりに見回していた。

「どうしましたの、サディアス様？」

　ミリアが不思議そうに尋ねてきた。

「い、いや。知り合いを捜し探していただけだ」

「ご友人ですの？　ふふ、見つかるといいですわね」

「ああ……」

　サディアスが探しているのは、クレイラー商会の会長だ。

　本日の交流会にも招待されているかもしれない。主催側に参加者の一覧を見せてほしいと要請したが、断られてしまった。

『情報が悪用される可能性がございますので。申し訳ありませんが、名簿をお見せすることはできません』

私が悪用する人間だと思っているのか。

受付の人間のすげない物言いには、正直腹が立った。

しかし、ここで問題を起こせば、国際問題に発展しかねない。サディアスは自力で調べることにした。

(よし……いないな)

もしもばったり鉢合わせしたら、どのように声をかければいいか思いつかない。かといって無視するわけにもいかない。

会長が招待されていないとわかり、サディアスはひとまず胸を撫で下ろした。

すると、すぐ間近で起きている問題に気づいた。

「はぁ……美味しい。お城で飲むワインとは全然違うわ」

ミリアは空になったワイングラス片手に、恍惚《こうこつ》の笑みを浮かべた。

これでもう何杯目だろう。顔が真っ赤だ。

「飲みすぎだぞ、少し控えてくれ」

「あらサディアス様、これはパーティーですわ。好きなだけお料理やお酒をいただいてもかまいませんのよ?」

サディアスにたしなめられても、ミリアはどこ吹く風だ。近くにいた給仕から追加のワインを注いでもらい、うれしそうに微笑んでいる。

「これはただのパーティーではない。各国が集まる重要な夜会だ。私たちはミジューム王国の代表として呼ばれたことを忘れるな」

サディアスが小声で耳打ちをすると、ミリアがおもしろくなさそうに唇を尖らせた。およそ公的な場でする表情ではない。

「サディアス様……最近冷たいですわっ。前はあんなに優しかったのに！」

そして愚痴《ぐち》を零《こぼ》し始める。

「毎日私に会いに来てくださることもなくなりました。夜だっていくら私がお誘いしても、断られてしまいますし……」

「だったら、妃教育を真面目に受けてくれ！　君のせいで教育係が何人も辞めて、私が父上に叱られているのだぞ⁉」

「きゃっ！　怖いですわ、サディアス様ぁ……」

怯えた表情で体を縮める姿は、小動物を彷彿《ほうふつ》とさせて愛らしい。

だが、それだけだ。少し前までは愛らしいと思っていた幼さが、近ごろはいら立ちの原因になりつつあった。

今日のためにレディーナ語だけはなんとか習得させたが、それ以外はほとんど進歩がない。

いや、仮病と嘘泣きだけは、さらに磨きがかかっている。

王太子妃ではなく、舞台女優のほうが向いているんじゃないか？　と嫌みのひとつも言いたくなる。

（それにしても……）

サディアスは先ほどから疎外感を覚えていた。

というのも、誰も話しかけてこないのだ。

こちらから声をかけようとしても、会釈されるだけ。

明らかに避けられている。

原因はおそらくミリアだろう。

このような公式の場で、酔っ払うなどありえない。招待客の中には、冷ややかな視線を向ける者もいる。サディアスは羞恥《しゅうち》で顔が熱くなった。

そのとき、ある一角に人だかりができていることに気づいた。

その中心にいる人物に、サディアスは息を呑む。

……アニュエラだ。

彼女と話そうと、皆代わる代わる話しかけている。

聞き耳を立てて、サディアスは驚愕した。

アニュエラは相手ごとに言語を使い分けているのだ。

サディアスも各国の言語は習得している。しかし、それらを臨機応変に使いこなすまでにはいたっていない。

「ア……アニュエラ！」

思わず側妃の名前を叫んだ。

会場がしんと静まり返り、奇異の目に晒される。

「……来い！」

サディアスは人混みを掻き分け、アニュエラの腕を掴んで会場から飛び出した。

廊下を進み、人気《ひとけ》のない場所までやってきたところで、サディアスはアニュエラを解放した。

「まあ。突然どうしましたの？」

腕をさすりながらアニュエラが尋ねる。

質問というよりも、確認するような言い方だ。なぜ会場から連れ出されたのか、わかっているのだろう。

「……君は私の側妃だろう。にもかかわらず、私から離れてほかの招待客と談笑しているのはどういうことだ？」

「はい？」

「側妃は側妃らしく、私とミリアの補佐をしていろと言っているのだ」

「そんなの、お断りしますわ」

「なんだと？」

「だって私は、あくまで王女殿下に友人として招待されたのです。あなた方のお世話をする義務はございませんもの」

涼しげな表情で切り返す。

「王太子と正妃を放置して好き勝手に振る舞うというのは、君への心証が悪くなると思うのだが？」

「ご心配には及びません。今夜はどうかご自由にお楽しみくださいと、先ほどお話しした方々から言っていただきました」

「……なぜ君は彼らとあんなに親しいのだ」

「アリーシャ様と同じように、手紙のやり取りをさせていただいておりますの」

「どのような内容だ。教えろ」

「先方の許可なく、お教えすることはできませんわ」

「私は、君の夫だぞ！」

サディアスの怒号が薄暗い廊下に響き渡る。

するとアニュエラはため息をつき、扇を取り出して口元を隠した。

「サディアス様……先ほどからどうしましたの？　まさか、私を頼ろうなどと思っていませんわよね」

「た、頼るっ⁉　ふざけるな、私は君のようなっ」

「そうですわよね。殿下はお飾りの側妃を頼るような御方ではないと、存じておりますわ」

「ぁ……」

そう言い切られると、これ以上何も言えなくなる。

アニュエラを頼った時点で、自分が無能であると認めるようなものだ。

「……時間を無駄にした。君に側妃の役割を求めた私が間違いだった」

「そうですわね。ミリア様もおひとりで寂しがっていると思いますわ」

アニュエラに言われて、ようやくミリアを置いてきたことを思い出す。

だが申し訳ないとは感じなかった。

どうせ今ごろ、ワインを飲んで楽しんでいるだろう。

アニュエラに少し遅れて会場に戻ると、何やら招待客たちがざわついていた。

そしてサディアスを見るなり、軽蔑や驚きの表情を浮かべる。

(なんだ?)

居心地の悪さを感じながら、ミリアを捜す。

妙な胸騒ぎを感じて、自然と歩調が速くなる。

すると彼女は、なぜか兵士たちに拘束されていた。

「ちょっろ何すんのよ! 私を誰だと思ってりゅの!? 王太子妃よー!」

顔が赤く呂律《ろれつ》も回っていない。唯一自由の利く右手で空のグラスを振り回している。その姿を目にした途端、サディアスは他人の振りをしたくなった。

あれを妻と認めたくない。

「……?」

少し離れたところに人だかりができている。

その中心にいるのは、アニュエラと十二、三歳の少女だ。

その少女はレディーナ王国の王女である。泣きじゃくりながらアニュエラにしがみついて、周囲に止められている。

アニュエラのドレスには、スカートの辺りに大きな赤紫色の染みができていた。あんなもの、先程はなかった。

幼い姫君が泣き叫ぶ。

「ごめんなさい、アニュエラ様！　私が、私のせいで……っ」

「いいえ、殿下は何も悪くありませんわ」

アニュエラが優しい声で王女をなだめる。

すると、周りの招待客もそれに同調した。

「私は一部始終を見ておりましたが、おふたりとも悪くございません。あれはどう考えてもミリア妃に非がございます」

「まさか王女にあのようなことを……とんでもないお妃様だ」

「まったく……ミジューム王家はどのような教育をしているんだか」

「サディアス王太子はどこに行ったんだ？」

彼らの口振りとこの状況から、何が起こったのか見当がついた。

だが、脳が理解を拒んでいる。

自分の妻が他国の王女に危害を加えようとしていたなど、にわかには信じられなかった。いや、信じたくない。

足の震えが止まらない。

これが悪夢なら早く覚めないだろうか。

しかしサディアスの望みが叶うことはない。

これは夢ではなく、現実の出来事なのだから。


ほどなくして、レディーナ王と王妃が会場に駆けつけた。

「サディアス王太子殿下はどこにおられる？　話がしたい」

レディーナ王は穏やかな口調で臣下たちに命じるが、その顔は険しい。

王妃は泣きじゃくる娘を抱き締め、アニュエラに謝罪した。その目には、涙が浮かんでいた。

「娘を守ってくださってありがとう。そしてごめんなさい」

「謝るのは私のほうですわ。ミリア妃の暴挙を止めることができませんでした」

「それは王太子殿下のお役目でしょう？　……やはりあのおふたりを招待したのは、間違いだったわ」

サディアスは人混みに紛れながら、彼女たちの会話に聞き耳を立てていた。

(王妃の言い方はなんだ？　本来は私たちを招待するつもりではなかったのか？　小国とはいえ、一国の王族をないがしろにしてもいいと思っているのか……？)

愕然《がくぜん》としていると、王妃が語り始めた。

「クレイラー会長からお話を伺ってはいたの。あのふたりには気をつけるようにと。多少の失言は見逃すつもりだったけれど、まさかここまでだなんて……」

最後まで話を聞かず、サディアスはそっと会場をあとにする。

顔を見られないように、うつむきながら。

しかし廊下を出たところで、兵士たちに囲まれてしまった。

「ミジューム王国のサディアス王太子殿下でございますね？　別室までご同行願えますか」

「み、道を開けろ、招待客にこのような扱いをしていいと思っているのか！」

「申し訳ございません。しかし、この場から逃げ出そうとしているようにお見受けしましたので」

「逃げてなどいない……！」

本心だった。

ここは隣国で逃げ場などないのはわかり切っている。

ただ、国王夫妻への弁解を考える時間が欲しかっただけだ。

だが、そんな言い分が通用するはずもなく、サディアスは会議室のような部屋に押しこめられた。

拘束こそ免れたが、部屋の入り口には見張りが立ち、外に出ることは敵わなかった。まるで罪人のような扱いだ。


それからしばらく経ったころ。

部屋の扉が開いた。

レディーナ王と王妃、その側近たち。

そして、新しいドレスに着替えたアニュエラが入室する。

「ア、アニュエラ……？」

サディアスは大きく目を見開いた。

アニュエラはこちらに会釈をすると、レディーナ王国の側近たちの隣に座ったのだ。

「き、君はミジューム王国の人間だろう。なぜ、私の隣に座らないのだ？」

「そうおっしゃられましても……」

アニュエラが珍しく困ったような表情をする。

するとレディーナ王が両者の間に割って入った。

「アニュエラ妃は被害者だ。こちら側の席に決まっているだろう」

レディーナ王の説明は納得のいかないものだった。それではまるで、サディアスが加害者のようだ。

被害者というなら、自分もそれに当てはまる。

ミリアの暴走に巻きこまれたのだから。

張りつめた空気の中、サディアスへの尋問が始まった。側近のひとりが淡々と質問していく。

「ミリア妃を会場に残し、殿下はどちらにいらっしゃったのですか？」

「……廊下にいた」

「理由をお聞きしても？」

「それは……」

アニュエラを叱りつけるため、などとは口が裂けても言えなかった。

彼女をちらりと見やるが、我関せずといった様子で目を合わせようとしない。薄情な女だ。

「……少し気分が悪くなってしまい、外の空気を吸いに」

「左様でございますか。なぜミリア妃もお連れにならなかったのですか？」

「妻は夜会をとても楽しんでいた。なので、ひとりでも寂しくないだろうと……」

しどろもどろになりながら答えると、側近の男は一瞬呆れたような表情をした。それからすぐに真顔に戻り、次の質問をする。

「では、これが一番重要なのですが……ミリア妃は、レディーナ語をきちんと習得していらっしゃいましたか？」

「……？　もちろん今夜のために習得させた」

質問の意図がわからない。

レディーナ語がトラブルの原因だったのだろうか。

困惑していると、扉をノックする音が響いた。

兵士に連れられてミリアが入ってくる。

酒気が抜けたのだろう。顔からは赤みが幾分か引いていた。しかしその足取りは、まだ怪しいままだ。ふらふらと体が左右に揺れている。

「サディアス様、助けて！　この方々、私に無理矢理水を飲ませましたのよ！　私はもう飲みたくないって何度も言っているのに！」

サディアスに気づいて、涙ながらに訴えてくる。

「君の酔いを覚まさせようとしただけだろう……」

「サディアス様までそうおっしゃるの⁉　私は酔ってなんかいませんわ！」

ドレスの裾を掴んで必死に訴えている。何も事情を知らない者がこの場にいたら、彼女が被害者だと勘違いするだろう。

だが実際は、多くの招待客に醜態《しゅうたい》を晒した加害者だ。

ミリアにはその自覚がないらしい。

「……君は自分の立場がわかっているのか？」

「なんのことですの？」

ミリアがきょとんと首をかしげる。

「王女にワインをかけようとしたのだろう？」

だが、すんでのところで傍にいたアニュエラが王女を庇った。

それで間違いないと、一部始終を目撃していた多くの貴族たちが証言している。

自らの所業を指摘され、ミリアは目を泳がせた。自分がしでかしたことの重大さを、たった今理解したのだろう。みるみる青ざめていく。

「あ、あれは……」

「……あちらにいらっしゃるのは、レディーナ王国の国王王妃両陛下だ」

ミリアの口からとんでもない失言が飛び出す前に、サディアスは先手を打った。

ミリアの性格上、王女に責任転嫁する可能性は十分考えられる。「王女が悪いのです！」と叫ぼうものなら、その瞬間すべてが終わる。

「ミリア王太子妃よ。そなたにいくつか尋ねたいことがある」

レディーナ王がおもむろに口を開く。静かな怒りを宿した双眼で、ミリアをじっと見据える。

「なぜ、娘に危害を加えようとした？　アニュエラ妃によると、そなたは彼女と話していた娘へ近づき、二言三言話したあとに突然激昂《げきこう》したそうではないか」

「それは……王女が私を侮辱したからですわ」

侮辱？

そのひと言に、ミリア以外の全員が眉を寄せた。

これぱかりはアニュエラも例外ではない。

「アニュエラ様ばかりではなく、私ともお話をしてほしいと思って話しかけました。お召しになっているドレスがとっても素敵だと褒めて差し上げましたのに、王女殿下は私のドレスを『ゴミみたい』とおっしゃったのです……！」

室内が大きくざわついた。国王夫妻も顔を見合わせている。

だがミリアは、なおも鼻息を荒くして続ける。

「きっとアニュエラ様ですわ！　アニュエラ様が王女殿下にそうおっしゃるように仕向けたのですわ！」

そしてアニュエラを指差した。

王女に非があったとしても、彼女を責めるのはまずい。咄嗟にそう判断して、アニュエラを黒幕に仕立て上げることにしたのだろう。

（だが、ありえない話ではない……）

すべてアニュエラが仕組んだ計画だとしたら？

ミリアの幼稚さを利用した自作自演だとしたら？

この頭の回る女なら、それくらいやりかねない。

「――ミリア様は、とても可憐なお方ですわね」

突然アニュエラが柔和な笑みを浮かべ、ミリアを褒めた。

なぜかレディーナ語で。

ミリアとの関係は良好であると、この場にいる者たちにアピールしようとしているのだろうか。

無駄なことをするな、とサディアスがアニュエラを叱責しようとしたときだ。

「なんですって!!」

ミリアが勢いよく椅子から立ち上がった。

そして恐ろしい形相《ぎょうそう》でアニュエラに飛びかかろうとして、傍に控えていた兵士に取り押さえられる。

一体どうした？

状況についていけず、呆然とするしかない。

しかし次のひと言で、サディアスはすべてを理解した。

「やっぱりこの女よ！　今、私のことをゴミ呼ばわりしたわ!!」

レディーナ王国の者たちが、ミリアに侮蔑の眼差しを向ける。

アニュエラもまた、呆れたように深くため息をつく。

レディーナ語において『可憐』と『ゴミ』の発音は多少似ている。

だが、あくまで多少というだけだ。この国の言葉を習得した者であれば、聞き間違えることなどまずない。

しかし、ミリアはそうではなかった。

たった一か月で他国の言語を習得したという時点で、怪しむべきだったとサディアスは後悔する。にわか勉強の結果がこれだ。

レディーナ国の臣下がミジューム語を交えながら、ミリアに懇切丁寧に説明する。

すると、ミリアの顔がじわじわと赤く染まり始めた。

よりによって、目の敵にしているアニュエラの前で、自分の無学さを指摘されたのだ。悔しくないはずがない。

サディアスがテーブルの下を見ると、膝の前で組んでいた両手を強く握り合わせていた。

けれど表情だけは、哀れな美少女を装い続けている。

「そ、そんな……私、なんてことをしてしまったのでしょう。今すぐ王女殿下に謝罪させてくださいい！　お願いいたしますわ！」

「娘への謝罪はいらぬ。本人がそなたには金輪際《こんりんざい》会いたくないと申しているのでな」

「そうはまいりませんわ！　殿下の許しを得るまで、ミジューム王国に帰るつもりはございません！」

目を潤ませて訴える。

どうせ王女に申し訳ないとは、微塵《みじん》も思っていないだろう。なんとか自分への信頼を回復させようとしているのが見て取れる。

どこまでも子どもっぽい、自分勝手な女だ。

だが、今はこれが最良の手に思える。サディアスもミリアの策に乗ることにした。

「陛下、私からもお願いします！」

あまりにも稚拙《ちせつ》な理由で、隣国の王女に無礼を働いたのだ。しかも、その現場を大勢の貴族が目撃している。

立派な国際問題だ。

下手をすれば、戦争に発展してもおかしくない。

そうなれば、ミジューム王国など簡単にひねり潰されるだろう。自分の妻のせいで、国が滅ぶかもしれない。

想像するだけで、背中に冷たい汗が流れる。

なんとか、なんとかこの場を切り抜けなければ。

「……あなた方が謝ろうとしているのは、保身のためであってあの子のためではないでしょう？」

王妃が感情を押し殺したような声で告げる。サディアスを見る目は、氷のように冷たかった。

「ねぇ、サディアス王太子。私たちの娘……ソフィーがどれだけ理不尽な目に遭ったのかご存じかしら？　アニュエラ妃と楽しくお話をしていたら、あなたの妻が強引に割りこんできたの。本来なら彼女は、そこで護衛兵に追い払われてもおかしくなかったのよ」

「……はい」

「だけどソフィーは嫌な顔ひとつせず、会話に応じてあげたの。なのに突然怒り出した女にワインをかけられそうになったのよ。どれだけ恐ろしかったか、ご理解いただけるかしら？」

「で、ですから、誠意をお見せするために直接謝罪を……」

「まだわからない？　あの子は今とても怯えているのよ。言語の通じない獣と、その飼い主と面会できる状態ではないの」

王妃の声は落ち着き払っていたが、その眼光は丹精込めて磨き上げた剣のように鋭い。女性に睨まれるのが、これほど恐ろしいと思ったことはなかった。

娘の心を傷つけられた親の怒りはすさまじい。

サディアスの頬を冷や汗が伝う。

一方ミリアは、いまだに謝罪の言葉を繰り返していた。泣いて謝れば、いつかは許してもらえると思っているのだろう。おめでたい頭だ。

「そなたたちには、即刻我が国から退去していただきたい。帰りの馬車も早急に手配しよう」

レディーナ王の言葉に、サディアスは大きく息を呑んだ。

「陛下……！　妻はこの通り、聞き間違えたことを十分に反省しております！　ですから、どうか謝罪の機会をいただきたい！」

頭を下げて懇願《こんがん》するが、返ってきたのはため息だけだった。

なんだ、何がダメだったのだ。

サディアスが焦って顔を上げると、無表情のアニュエラと目が合った。

（どうしてあんなに平然としていられるのだ。どうして私たちを庇おうとしない？）

サディアスたちに助け舟を出すどころか、アニュエラは「では、私はお先に失礼いたします」と退室してしまった。

「ま、待て！　勝手にミジュームへ帰るつもりか!?」

「彼女には、ソフィーの心のケアをお任せしているの。しばらくはこちらにいてくださるそうよ」

「は？」

王妃の言葉に、虚を突かれる。

アニュエラはサディアスたちではなく、他国の王女を優先したということか。見捨てられたような気持ちになり、怒りより心細さが勝った。

「ひとりっ子だからだろう。娘はアニュエラ妃によく懐いておってな。アニュエラ妃に会えると、この日を待ち遠しく思っていたのだが……」

それを台無しにされた。目でそう語るレディーナ王に、サディアスは何も言い返せなかった。

サディアスとミリアの両名は、レディーナ王国の馬車で帰国した。

帰るだけなら、来るときに乗った馬車を使えばいい話だ。どうしてわざわざこちらに乗せられたのか。

レディーナ王国の人間も乗車するからだ。

サディアスの向かい側に座っているのは、外務大臣と文官だ。書状など送らず、直接ミジューム王に今回の件を洗いざらい話すつもりらしい。

レディーナ王の怒りは、それほどのものだった。

「せっかくサディアス様とふたりきりでしたのに……」

「ミリア！　この期に及んでまだそんなことを言っているのか!?」

「だって！　サディアス様に慰めてほしかったのに！」

ミリアはそう叫ぶと、両手で顔を覆って嗚咽《おえつ》を漏らし始めた。本当に泣いているのか、ただの嘘泣きなのか。

しかし、そんなことはどちらでもいい。

重要なのは、ミリアに反省の色が見られないことだ。

大臣と文官に冷ややかな視線を向けられても、意に介さない。レディーナ王と王妃に拒絶された哀れな自分に酔いしれていた。

(慰めてほしいのは私だ……)

レディーナ王国に残ったアニュエラがうらやましい。

国力に差はあれど、一国の王太子が頭を下げたのにぴしゃりとはねつけられた。

顔に似合わず、ずいぶんと厳格で頑固な国王だ。

王妃も容赦《ようしゃ》のない物言いをする女性だった。

アニュエラは、あのふたりから信頼を勝ち取っていた。やはり鍵はソフィー王女だろう。

（クレイラー商会のアリーシャ嬢と文通をしていたと言っていたな……私も試してみるか？）

策を練っているうちに、王宮に到着した。

なぜかレディーナ王国の馬車で帰国した王太子夫妻。しかも、険しい顔をしたレディーナ人が同乗している。

サディアス王太子、もしくはミリア妃が交流会で何かをやらかしたのだろう。勘のいい者は、この時点で頭を抱えていた。

レディーナ王国の外務大臣は、即座にミジューム王及び宰相との謁見を求めた。

拒絶なさいませぬよう、という言葉を添えて。

大国でありながら理性的な国家として知られるレディーナ王国の重鎮が、ここまで高圧的な態度で迫っている。

ただ事ではないと、国王と宰相は直ちに謁見に応じた。そして王太子夫妻の所業を、余すことなく聞かされた。

国王は顔面蒼白となった。

宰相はその場で倒れそうになり、どうにか意識を保っていた。

「まさかミリア妃がそのような……」

「サディアス王太子殿下とミリア妃が、です。国王陛下」

外務大臣が苦笑混じりに訂正する。

国王は聞き捨てならなかった。

「なっ……息子は何もしていないではないか！」

「何もなさらなかったから問題なのです。ミリア妃の問題性は、殿下もご認識なさっていたはずです。にもかかわらず、目を離しておくなど、あってはなりません」

「しかし……」

「それだけではございません。殿下は、問題の本質をまったくご理解なさらなかった」

外務大臣はそこで言葉を切り、声音を低くした。

「他国語の聞き間違えなどよくあることです。それ自体は些細な問題と、国王陛下もおっしゃっておりました。しかしミリア妃は、ソフィー王女に危害を加えようとしました。自分の聞き間違いである可能性を考えもせずに。失礼を承知で申し上げるのなら、躾けのなっていない獣同然の行為です」

「……」

歯に衣着せぬ物言いに、国王はぐうの音も出なかった。

「ソフィー王女が負った心の傷はとても深いです。ですが、ミジューム王国は王女の恩人であるアニュエラ妃の祖国でございます。民を大切になさっている彼女のため、多額の慰謝料を請求することはいたしません。国庫が底をつけば、民たちに負担を強いることは目に見えておりますゆえ」

「……寛大な措置に感謝する」

「ですが、王家としての責任は果たしていただきます」

レディーナ王国の要求はふたつ。

ミリアの公務停止。

そしてもうひとつは、アニュエラを除くミジューム王家によるレディーナ王国訪問の禁止。

諸国からは「甘すぎる」という声も上がったが、後者は実質王家同士の断交を意味している。

ミジューム王国は、大国とのパイプを失ってしまった。


交流会でミリアが引き起こした事件は、瞬く間にミジューム国内に知れ渡った。国王の命によって箝口令《かんこうれい》が敷かれたものの、それよりも早い段階で拡散したのだ。

「口外した者どもを即刻見つけ出せ！　一族郎党縛《しば》り首に処さねばならん！」

国王が怒りと焦りの混じった声で命じる。しかし宰相は苦り切った表情で異を唱えた。

「まずは犯人の特定ではなく、国民への説明を優先なさるべきです。この状況下で、噂を流した者たちを処刑なされば、王家に対する不信感は一層高まることになりますぞ」

それにもう手遅れです、と宰相は内心で言い足した。

今回の一件は、すでに辺境の農民たちの耳にも入っていると聞く。醜聞《しゅうぶん》を吹聴した者たちを絞首台送りにしたところで、なんの意味があるというのか。

「説明だと？　我が国の王太子妃が酒に酔って、隣国の王女に無礼を働いたなど、どう説明しろと言うのか……」

国王の問いかけに宰相は無言でうなずいた。

下手に隠し立てするのは悪手だ。どちらにせよ民の反感を買うのであれば、包み隠さず公表したほうが小さい痛手で済む。

「陛下、ご決断なさってください」

「うむ……」

決断を迫られ、国王に逃げ場はない。宰相の提案を飲むしかなかった。

閑話　家族会議

王宮からミジューム国内の全貴族に送られた書状。そこには王太子夫妻のやらかしが、事細かにつづられていた。

――やってくれたな、あのバカ夫婦。

その醜悪ぶりに、貴族たちの心がひとつになった瞬間だった。

王太子妃が酒に酔い、言語を聞き違え、激高して王女にワインをかけようとした。

もうどこから突っこめばいいのかわからない。

ミリアの妃教育が滞《とどこお》り、当初の教育係が全員匙《さじ》を投げて王宮を去った件は周知の事実だ。というより、教育係本人たちが積極的に触れ回っていた。

『自国の言語ですら読み書きが怪しい。あれでは他国の言葉など、覚えられるものか』

『いくら口を酸っぱくして言っても、カーテシーの際にドレスの裾を高く持ち上げる癖が直らない。脚が見えてみっともない』

『間違いを指摘すると、癇癪《かんしゃく》を起こして物を投げつけてくる。我々は幼子を相手にしているのではないのだぞ』

『覚えが悪いのを私たちのせいにしてくる。この国の建国記念日も知らぬような小娘に、なぜ愚弄されなければならぬのだ』

『虐められるのが怖いからと、妃教育から逃げ出した。あの正妃様は、今まで叱られたことがないのかもしれない。幸せなことだ』

不敬罪による投獄も覚悟の上なのだろう。彼らの口は淀《よど》みなく動いた。

ミリアに関する醜聞《しゅうぶん》は事欠かない。

令嬢たちの間でも、正妃の評判は最悪だった。

以前開かれたミリアの茶会はひどいものだったと、参加者たちは語る。

『口を開けば自慢話か、侍女や教育係の悪口ばかり。身の回りの世話をしてもらっている自覚がないのかしら？』

『私たちが話している間は、ずっと退屈そうに頬杖をついていらっしゃったわ。およそ人の話を聞く態度ではありませんでしたわね』

『お菓子が甘くないと、私たちの前で侍女を怒鳴っていたわ。私たちの口には少し甘すぎましたけれど。きっとミリア妃は毎日砂糖水を召し上がっているのでしょうね。まるで花畑を飛び回る蝶みたい』

『私の婚約者について、しつこく聞かれましたわ。今度、王宮に招待したいとおっしゃっていましたけれど、いったいどのような了見《りょうけん》なのでしょうね。もちろんお断りしました』

『舞踏会でアニュエラ妃とお話しした際は、不快な思いなど一切しませんでしたわ。お話し上手聞き上手で、とても楽しいひとときを過ごさせていただきました』

『このようなことを言ってはいけないのかもしれませんが、ミリア様は正妃の器ではありません。たった数時間の茶会で、あそこまでご自分の印象を悪く見せることができるなんて、一種の才能ですもの』

みんな口を揃えてミリアをこき下ろす。

以前のようにアニュエラを蔑む者は、もはや誰もいない。

批判の矛先は当然、王家及び王太子にも向けられた。

『信じられない……なぜ王家はルマンズ侯爵令嬢ではなく、ノーフォース公爵令嬢を正妃になさったのだ。酒でも飲みながら決めたのか？』

『以前、水害が起きたであろう？　その際、公爵家から多額の援助があったというのが決め手になったと、小耳に挟んだことがある』

『王家の方々は、今代でこの国を終わらせたいとお考えであられるようだ』

『若い者たちは知らぬと思うが、殿下は無類の女好きだからな。昔は、いろいろな問題を起こしていたそうだ。そのせいで婚約が破談に追いこまれた家もあると聞く』

『ミリア妃もひどいが、サディアス殿下もなかなかの逸材だぞ。ここだけの話、殿下のせいでクレイラー商会との取引が破談になるところだったのだ。アニュエラ妃がアリーシャ嬢とご友人だったおかげで助かったが……』

『私の友人にひとり文官がいるのだがな。ここ一年ほど、殿下に書類をお任せすると、誤字脱字だらけだと嘆いていた。今までは、アニュエラ妃が確認なさっていたのかもしれない』

眉目秀麗な青年と、純情可憐な美少女。

一皮剥けば、自尊心が高いだけの無能な男と思慮に欠ける小娘だ。

そこらの男爵夫妻なら笑い話で済んだろうが、このふたりはなんと王太子夫妻である。ミジューム王国の未来を左右する大問題だ。

いつか洒落《しゃれ》にならないことをしでかすのでは。

その懸念は交流会の場で、最悪すぎる形で的中してしまった。

しかもミリアは事実を認めるどころか、王女を庇ったアニュエラに罪をなすりつけようとした。サディアスも彼女を咎《とが》めようとしなかったという。

ふたりの往生際の悪さが、レディーナ国王夫妻の心証をさらに損ねたのだろう。

この泥船から一刻も早く、降りよう。

国外への移住を検討する貴族や商人は少なくないが、国民の大半は庶民だ。逃げたくても逃げる場所など、どこにもない。

無辜《むこ》の民を見捨てるわけにはいかない。

そのために、今の王家をなんとかしなければならない。

そして、さまざまな問題を手っ取り早く解決する方法がひとつだけあった。

「アニュエラ妃が正妃になればいいのでは？」

というより、それしかない。

「私は断固反対です」

はっきりと言い切ったのは、燃えるような赤い髪と透き通るようなエメラルドグリーンの瞳を持つ青年。

ルマンズ侯爵家の長男であり、アニュエラの実兄であるドミニクだ。

意志の強さを感じさせる太い眉をひそめ、父を睨みつける。

「し、しかし、ミリア妃をこのまま野放しにしておくわけには……」

息子に剣呑《けんのん》な目つきでつめ寄られ、ルマンズ侯爵は口ごもる。

すると、隣席の妻がため息を漏らした。

「アデール、お前からも言ってやってくれないか」

妻は自分の味方だろう。ルマンズ侯爵はそう信じて、ドミニクの説得を頼もうとする。

しかしアデールから返ってきたのは了承の言葉ではなく、凍えるような冷たい眼差しだった。

「私はドミニクと同意見です。こんなくだらない理由でアニュエラが正妃になるなんて、私は絶対に認めませんからね」

「……だそうです。まあ、当たり前ですね」

強力な味方を得て、ドミニクはふんと鼻の穴を大きくして言った。

二対一。勝ち目がないことを悟ったルマンズ侯爵は、傍に控えていた使用人たちに助けを求めるように目を向けた。

途端、全員が一斉に明後日の方向を見る。

あまりにも息ぴったりな動きだったので、事前に打ち合わせをしていたのか？　とルマンズ侯爵は疑った。

使用人たちですら誰ひとり、アニュエラを正妃に押し上げることに賛同していない。完全に孤立無援になったルマンズ侯爵は、困り果てた顔をする。

「本来の予定通り、アニュエラが正妃になるだけではないか。それで丸く収まるのだから、何も問題はないと思うのだが」

「大ありです！」

ドミニクは激情に任せて、拳でテーブルを叩いた。

「そもそも、私はアニュエラがあんなバカ王太子の妃になるなど、初めから反対でした。妃とは名ばかりで王太子の世話係になってしまうことが、目に見えていましたから」

「お前は何もわかっとらん、ドミニク。王妃とは、自らを犠牲にして国と王を支える存在だ」

「まともな王であるなら支えがいもあるでしょう。それならば、私も文句は申し上げるつもりはありません。サディアス殿下が知性の欠片《かけら》もない娘に心移りしたことまでは、百歩譲って容認しましょう。ですが、その者を正妃にし、アニュエラを側妃にするなどあんまりではありませんか！」

面と向かって口にしたことはないが、可愛くて大切な妹だ。これ以上、アニュエラには王家に関わってほしくないと、ドミニクは心の底から思っている。

「そうです。あの子が側妃になることが決まった時点で、王宮から連れ戻せばよかったのに……」

アデールの棘《とげ》のある言葉と視線が、ルマンズ侯爵に突き刺さる。

「バ、バカを言え。そのようなことをすれば、王家だけでなく王家派の貴族も敵に回すことになるのだぞ！」

「その王家派の一部も、王家とは距離を置くと言っているそうですが」

ルマンズ侯爵の反論も、ドミニクにあっさり潰される。

「よいですか、父上。王家から『アニュエラを正妃にしてやる』という手紙が届いても、絶対に応じてはなりませんよ」

「だが、この国はどうなる？　このままミリア妃を正妃のままにしておけば、また新たな問題が発生するかもしれんぞ」

「そんなもの、自分たちで解決させればよろしい」

ドミニクは顔の前に手を上げて、父の問いを一刀両断した。

「諸国が人口減少、都市部と地方での経済格差、食糧難などの問題を解決しようと知恵を絞っている中で、うちの国はバカ夫婦のことで頭を抱えているのですよ。アホらしいにもほどがある」

「……そうだな。いつまでも王家の顔色を窺っている場合ではないか」

ルマンズ侯爵はうなずいた。

その様子を見て、ドミニクは内心でほっと胸を撫で下ろす。

(父上め、ようやく納得したか)

父は民を最優先に動く、領主としては優秀な部類に入る。去年水害が発生した際も、ほかの領地にも援助の手を差し伸べていた。

しかし、親としては少し頼りないところが玉に瑕《きず》だ。

自分だって本当はアニュエラが心配だろうに、国王の圧に屈して要求を呑み続けた。

(ここで覚醒していただかなかったら、私は強引に家督を奪い取っていたぞ)

ドミニクがちらりと母を見ると、静かな微笑が返ってくる。もしルマンズ侯爵が聞く耳を持たなかったら、自分の計画に賛成してくれただろう。夫と我が子なら迷わず後者を選んでくれると、ドミニクは確信していた。

これで王家の要請に、血迷った返答はしないだろう。心配なので、念のために確認はさせてもらうが。

不安要素をひとつ取り除いたところで、ドミニクは隣国にいる妹に想いを馳せる。

(あいつは、このまま戻らないほうが幸せかもな……)

レディーナ王国には『あの男』がいる。

アニュエラが自国にいると知ったら、きっと会いに行くだろうとドミニクは予感していた。

第四章　廃妃宣告

レディーナ王国の王宮には、ほのかに花の香りが漂っている。広大な庭園には、百種類以上の花が咲き誇り、心地よい風が吹き渡っていた。

ずっと自室で塞ぎこんでいたソフィー王女は庭園を散策したり、図書室に行ったりすることが増えてきた。

しかし、いまだに王妃やアニュエラ、慣れ親しんだ侍女以外の女性を見かけると、体がすくんでしまい、泣き出してしまう。

「ごめんなさい、ごめんなさい……っ」

青ざめた顔で謝り続けるソフィーを見て、王宮の人々は彼女を哀れんだ。

以前は初対面の人間にも物怖じしない、明るい性格だった。それがあんな小娘に、幼い心を踏みにじられ、壊されてしまった。

この状態では、とても人前には出られない。

交流会での出来事に関しては、箝口令《かんこうれい》が敷かれている。

しかし、人の口に戸は立てられぬものだ。

ひと月も経たないうちに、レディーナ王国の貴族たちの知るところとなった。

『ミジューム王家は、人の皮を被った獣でも飼っているのか？』

『しかも王太子は、自分の妻を放って外の空気を吸いに行っていただと？』

『あのミリア妃はともかく、アニュエラ妃がいるというのに……あれには王太子としての自覚がないのか？』

『違いない。クレイラー商会の令嬢にも、一方的に迫ったんだろう？』

ミリアのみならず、ミジューム王家を揶揄《やゆ》する声が飛び交う。

また、血の気の多い者は、怒りの矛先を自国の君主にも向けた。

『これはミジューム王国による立派な宣戦布告だ！』

『あのような国、攻め滅ぼしてしまえばいい！』

『陛下は甘すぎる！　なぜ、王太子妃の廃妃を要求しなかったのだ！』

『いっそ王太子も、廃嫡に追いこめばよかったろうに……』

貴族同士が集まれば、過激な発言が繰り返される。

ミジューム王国、いやミジューム王家への信頼は、クレイラー商会の一件が起こる前から低い。

王太子妃の公務停止及び国交断絶。

それだけで気が済まない者は少なくない。

（これはしばらく尾を引くことになりそうね……）

アニュエラは遠い目をしながら、ティーカップを傾けた。

庭園に設けられた温室には、季節を問わずさまざまな植物が植えられている。ガラスの円卓の中心には大輪の赤い薔薇が飾ってあり、ふわりと芳香が漂う。

「陛下も判断を誤りましたわね……」

「それは、我が国の王へのお言葉ですか？」

ぽつりとつぶやくと、背後から若い男の声が返ってきた。

アニュエラは懐かしさを感じて、弾かれたように振り返る。

そこに立っていたのは、精悍《せいかん》な顔立ちの青年だった。

イスワール伯爵シェイル。

レディーナ王国の外交官を務める、若くして家督を継いだ優秀な人物だ。

そして、アニュエラのかつての想い人だった。

「いいえ、我が祖国の国王陛下に対してですわ」

まさか、こうして再び会えるなんて。

アニュエラは頬を緩ませながら、言葉を続ける。

「レディーナ国王陛下の要望は、ずいぶんと甘いものでしたけど……まさか我が国の王がその通りの対処で済ませるとは思いませんでしたわ」

「ミリア妃の公務停止の件ですか？」

「ええ。以前から問題のある方でしたが、今回は完全に一線を超えました。即刻ミリア様を廃するべきでした。レディーナ国王陛下はミジューム王家に温情をかけたのではなく、試しただけなのですから」

「やはり、アニュエラ様は気づいておいででしたか。国王陛下もお人が悪い」

シェイルが苦笑しながら、向かい側の席に腰を下ろす。

「国王王妃両陛下は、殿下とミリア様に相当お怒りでしたもの。あの程度で済むはずがないと思っておりました」

「ミジューム国王はよくあのような方を王太子妃になさいましたね」

「なんらかの事情がおありなのかもしれませんが……諸国の中には、『問題のある妃を切り捨てなかった愚かな王家』と見なす国もあるでしょう」

「ですが、こうも考えられませんか？　ミリア妃の代わりとなる女性が見つからない、と。並大抵の方では、あの王太子を制御できませんよ」

「あら、それは困りましたわね」

アニュエラは他人事のような物言いで返す。

ミリア妃以外の女性が見つからなかった場合、国王たちはアニュエラを正妃に就かせようと動くに違いない。

虫のいい話だ。

人の人生をなんだと思っているのかと、想像するだけで腹が立ってくる。

応じるつもりなど、毛頭ない。

(もし話が来たら断っていいと、お父様もおっしゃっているし)

兄と母のふたりがかりで説得され、王家の言いなりになることをやめたらしい。

父から届いた手紙には、「お前の好きなように生きなさい」とつづられていた。できれば一年前にそう言ってほしかったが、過ぎた話を蒸し返すつもりはない。

ここは心強い味方ができたと、素直に喜ぶべきだ。

「一部の貴族は今回の処遇に不満のようですが、もう少し長い目で見ていただきたいですわね。外から攻めなくとも、いずれあの国は内側から崩れていきますわよ」

アニュエラは自信を持って断言した。ミジューム人たちの膨れに膨らんだ不満が、爆発する日も近い。そうなったあとのことを思うと、頭が痛いが。

「それにしても、驚きましたわ。またこうしてお会いできるなんて」

「アニュエラ様がこの国にいると知って、仕事を投げ出して飛んできました。……ずっとあなたを案じていましたから」

シェイルは目を伏せて、悲しそうに微笑んだ。

「あなたが側妃になるなんて、夢にも思わなかった」

「私もですわ。こんなことなら王太子と婚約などするのではなかったと、少し……いえ、ものすごく後悔しましたもの」

アニュエラもまた、苦い笑みを零《こぼ》す。

脳裏によみがえるのは、シェイルと初めて会った日のこと。

レディーナ国王の招待を受けてレディーナ王国を訪れた際、アニュエラの案内役を務めたのが彼だった。当時はまだ子息の身分で、終始緊張している様子がなんだか可愛く見えたのをよく覚えている。

そして別れの際に「もっとあなたを知りたい」と言われ、そこから文通する仲になった。

誠実で勤勉家。

彼の人柄は文面にもよく表れていた。

恋をするなら、こんな人がいい。

アニュエラがそう思うようになったのは、彼との出会いから半年ほど経ってからだ。

彼も同じ気持ちでいてくれたら。

真っ白な便箋《びんせん》に愛の言葉をつづりそうになるたびに、アニュエラは手を止めた。

彼からの便りが途絶えるのではないか。

小国の令嬢の想いなど、彼にとって重荷でしかないのではないか。

そんな不安に襲われ、想いを心の奥底に沈めて、時々ぷかりと浮かぶたびに、また沈めた。

そんな最中だった。

アニュエラが王太子の婚約者に選ばれたのは。

◇　◆　◇　◆

ミリア妃の無期限公務停止。

それがレディーナ王国の要求だった。

表立って口にすることはないが、安堵する者は多かった。

これであの正妃を外に出すことがない。また何かをやらかせば、今度こそ戦争に発展しかねない。ミリアの存在はそれほど厄介だった。

レディーナ側の要求を額面通りに受け取らず、廃妃とするべきと国王に進言する者もいた。

現在ミジューム王国は、諸国から白い目で見られている。

ある国からは、来月に控えている会談を中止したいと書状が送られてきた。ミジューム王国との平和友好条約を破棄すると通告してきた国もある。

このままでは、この国は終わる。

かつてない危機に、臣下たちは頭を抱えた。

「陛下、どうかご決断を。せめてミリア妃だけでも王家から追い出すべきです」

外務大臣は険しい顔で奏上した。

本当は王太子のほうもどうにかしてほしかったが、不敬と見なされかねない。本音をぐっと堪え、最優先事項だけを述べた。

「いや……ミリアを廃するわけにはいかん」

正気か？

国王の言葉に、外務大臣は耳を疑った。

「理由をお聞きしてもよろしいでしょうか？」

「ノーフォース公爵家から多額の援助を受けたことは、おぬしも知っているな？」

「はい。存じておりますが……」

それがミリアを正妃に選んだ一番の理由だ。

そのおかげで底をつきかけていた国庫を潤すことができたが、その代わりとんでもない負債を抱えることになった。

当時は外務大臣も賛成していたが、今は後悔している。あれを王家に迎えるくらいなら、そこらの庶民の娘を妃にしたほうが、よほどマシというものだ。

国王もそのことは、身に染みて感じているだろうに。

なぜ、今もなおミリアを正妃のままでいさせるのか。正直、理解に苦しむ。

「その……もしミリアを廃することになったら、その半額を返還する取り決めになっているのだ」

「はいっ!?」

外務大臣はぎょっと目を見開いた。思わず国王の傍に佇《たたず》む宰相に視線を向けると、宰相は気まずそうに目を逸らした。

そんなバカな。

驚きのあまり、立ちくらみを覚えた。

しかし、ある謎が解けたとも思った。

財務大臣のことである。

『ミリア妃を廃する？　バカな……そんなことをしてはならん。中身はともかく、外見だけは可憐な少女だ。まだだ、まだ間に合う。徹底的にマナーを叩きこめば、アニュエラ妃のように聡明な女性になるはずだ』

あの男は、熱心にミリアを擁護していた。

何を血迷ったことを、と外務大臣は呆れたが、今ならその理由がわかる。

財務大臣は、この国の財政事情に誰よりも詳しい。

故に、この事実を知っていたのだ。

「契約書があるから、契約をこちらから破棄することはできん」

国王は苦虫を噛み潰したような顔で言った。

「なぜ、そのような取り決めをなさったのですか⁉」

外務大臣は、声を荒らげずにはいられなかった。

「……あのときは、このようなことが起こるとは思わなかったのだ」

宰相がぼそりと答えた。いまだに目を合わせようとしないのは、まだ何かを隠しているからなのか。

外務大臣の怒りは治まらない。鋭い口調で抗議を続ける。

「なぜ、そのことを我々に話してくださらなかったのです？　このことを知っているのは財務大臣だけだ」

「……ミリア妃に対する不満が高まっているのは、私も承知している。しかし、その契約が原因で排除できないとわかれば……」

そう言いかけて、国王は口をつぐんだ。

暫し重い沈黙が流れる。

問題行動ばかりが目につく正妃。

軽率に交わした取り決めが原因で、彼女を排斥することができない。そうなれば、当然非難の目は国王にも向けられる。

頭の痛い問題だ。自業自得《じごうじとく》とはいえ、王家は窮地に追いこまれていた。

「ですが、いつまでも隠し通せるものではございません」

「……ああ。そうであろうな」

「せめて、今のうちにサディアス王太子殿下にはお伝えしたほうがよろしいかと」

自分の妻のことだ。

彼には当然知る権利があるだろう。

「そなたの言う通りだな。今すぐサディアスを呼べ」

外務大臣の進言を受けて、国王は宰相に命じた。


事情を知ったサディアスは、一切の迷いもなく言い切る。

「取り決め？　そんなもの、王命で無効にしてしまえばいいのですよ」

「……そのような理由で王命を出すわけにはまいりません」

そんなこともわからないのか、バカ王子。

外務大臣は内心で毒づいた。

「国王の命は絶対だろう。いかに公爵家でも、逆らうことはできん」

サディアスがふう、とため息混じりに反論する。

「そうかもしれませんが、王家への信頼は間違いなく失墜《しっつい》いたします。民なくして国は、成り立たないのですよ」

「民は国王に傅くものではないか。そもそも、この契約はまるで詐欺のようなものだ」

自分の言葉が正しいと思っているのか、サディアスは身振り手振りをまじえそう主張した。

これには外務大臣だけではなく、国王と宰相も苦い顔をする。

ダメだ。この王太子は、王権というものに夢を見すぎている。

たしかに王家は、一国を統べる高貴なる一族だ。

国内において、最も発言力を持っている。

しかし外務大臣が先ほど語ったように、民なくして国は成り立たない。

絶対的基盤は、自国民たちの信頼の上に成り立っているのだ。それに、貴族の力をあまりにも理解していない。

「よいですか、殿下。ノーフォース公爵家を支持する貴族は少なくありません。下手をすれば、王家よりも……」

「そんなバカな！　王家より貴族が敬われるなどありえない！」

「それがありえるのですよ。現に今の社交界は、ノーフォース派とルマンズ派に二分されております」

「……王家派がいないではないか？」

サディアスは訝《いぶか》しげに顎《あご》に手を当てる。

この話の流れで、言外の意味を汲み取れないとは。ここまで来ると尊敬に値すると、外務大臣は呆れ果てた。

しかしながら現状は、しっかりと把握してもらわなければ。

「誰も王家には期待していないということです」

「ふ……不敬だ。今すぐに彼らに忠誠を誓わせるべきだ！　どうでしょう、父上？」

「サディアス……お前が言うな」

父から賛同を得られると思っていたのだろう。すげない返答に、サディアスは「え？」と目を瞬かせた。

「お前も王家が求心力を失った要因のひとつなのだ」

「いや、それは……」

たった今まで忘れていたようだ。あれだけ威勢がよかったのに口ごもってしまった。

「殿下。このようなことで王命を出してはならないことは、ご理解できましたね？」

宰相が念押しするように尋ねる。

「ああ。だ、だが私はどうすればよいのだ？　将来、私が即位したときに公式の場に妻がいないというのは、格好がつかないというか……」

ずいぶんと遠い未来の話をしている。大事なのは『今』だというのに。

宰相は怒鳴りたくなる衝動をぐっと抑えた。

「……アニュエラ妃がいるではありませんか」

そう提案した外務大臣に、三人の視線が集まる。

「彼女はルマンズ侯爵家の人間です。クレイラー商会の件も今回の件も、アニュエラ妃のおかげで最悪の事態を避けられたようなものです。あの方が正妃に戻ることを待ち望む声は多いと、殿下はご存じですか？」

「……悔しいが、その通りらしい」

よほど認めたくないのか、サディアスは顔を歪《ゆが》めて答えた。

「彼女であれば、外交公務も通訳なしに行うことができます。ミリア妃の仕事をすべて担当していただきましょう」

酷なことを言っていることは、外務大臣も自覚していた。

国のために犠牲になってくれと、アニュエラに言っているようなものだ。王太子夫妻の尻拭いなど、自ら進んで行いたいと言う人間などいない。

国王に何度も確認したが、契約の中にミリアを必ず正妃にするという条件はなかったらしい。だったらミリアを側妃に退かせ、アニュエラを正妃にする。

これが一番の解決策だ。

「し、しかしアニュエラを正妃にするなど……」

「殿下、私情を挟むのはお控えください」

不満そうに唇を尖らせるサディアスを、宰相がたしなめる。「こうなったのは、あなたの責任でもあるのですよ」と言外に匂わせて。

あとはアニュエラが帰国するのを待つだけだ。

それまでの間、ミジューム王国から各方面へ書状を送ることにした。

しかし外務大臣にはひとつの疑問があった。

(なぜ、ノーフォース公爵家から援助を受ける必要があったのだろうか？)

我が国は小国だが、決して困窮しているわけではない。

水害の際に多額の損失が生じたと説明されたが、詳しい内訳は発表されていない。財務大臣も口を閉ざしている。

ミジューム国土全体を襲った痛ましい災害。

あの出来事がきっかけで、地方の民は王家に疑心を抱くようになったと言うが。


「どうして私がそんなことをする必要がある？　お前たちだけでいいだろう」

「いいえ。アニュエラ妃に納得していただくために、どうか殿下もお願いいたします」

宰相に便箋《びんせん》と羽根ペンを押しつけられ、サディアスはうんざりしていた。

口調こそ丁寧だが、有無を言わさぬ圧を感じる。

アニュエラを正妃に就かせる。その旨をつづった書状をルマンズ侯爵家に送ったものの、反応は微妙なものだった。

すべて本人の判断に任せる。

要約すると、このような返答だった。

一見どっちつかずの態度だが、快諾しない時点で、明らかに乗り気でないことがわかる。今の王家になら、強気に出ても問題ないと判断したのだろう。

そこでアニュエラへ書状を送ることになり、「サディアスに書かせよ」と国王が命じたのだ。当の本人が渋っているのには理由がある。

「なぜ私だけ謝罪文を書かねばならないのだ？」

「殿下だけではなく、ミリア妃にも書いていただきます」

「ふざけるな！　誰が書くものか！」

サディアスは便箋《びんせん》を勢いよく投げ捨てた。

アニュエラにそこまで下手に出るなど、プライドが許さなかった。

「そうは参りません」

宰相は便箋《びんせん》を拾い集めながら冷静に諭《さと》す。

「おふたりは、いまだにアニュエラ妃に謝罪をなさってないそうですね」

「わ、私たちの補佐をするのが側妃の役割だ。当たり前のことをしただけなのに、媚《こ》びるような真似はしたくない」

往生際悪く拒み続けるサディアスは、過去にその側妃を『お飾り』と嘲笑《ちょうしょう》したことを忘れていた。いや、覚えてはいるが、都合の悪いことは棚に上げるつもりなのだ。

「……そういえば殿下、先日このような話を小耳に挟んだのですが」

「どうした急に」

「アニュエラ様の変化についてでございます」

あれだけ品行方正だった彼女が、突如好き勝手に振る舞い始め、私用の外出が増えた。

何か理由があるはずだ。

アニュエラを正妃に戻すためにも、不安要素は排除しておきたい。宰相が秘密裏に調査した結果、ある事実が判明した。


ミリアを正妃に迎えてしばらく経ったころの話である。

サディアスは侍従兼友人を自室に招き、酒盛りを開いていた。

この時点でアウトだ。

王太子は公式の場と食事以外での飲酒を禁じられている。数代前の王太子が酒に溺れ、使い物にならなくなった事例を踏まえて規定された。

酒は侍従がこっそり持ちこんだらしい。

自白したのは騎士団長の息子だった。

気の置けない友人たちに囲まれ、酒が回って気が緩んでいたのだろう。このときのサディアスはいつも以上に饒舌《じょうぜつ》だったと聞く。

そんなときにアニュエラの話題になった。

アニュエラの能力を認めている侍従たちは、彼女が側妃でいれば王家は安泰という意味合いで、話題に出したらしい。

彼らはミリアやサディアスよりもアニュエラのほうが優秀だと理解していた。

そんなこととは露知らず、サディアスは彼女を散々こき下ろした。

『所詮、側妃はお飾り。お気楽な立場の女だ』

『で、殿下……』

何かに気づいた侍従たちが、にわかに顔を引きつらせる。

しかしすっかり酔っていたサディアスは、その異変を察することができなかった。

『ミリアは妃教育と公務で苦労しているのにな。うらやましいよ。私と代わってほしいくらいだ』

『殿下！』

侍従のひとりが鋭く叫び、部屋の入り口を見る。

そこにはなぜか笑顔のアニュエラが立っていた。

室内の空気が一瞬にして凍りつく。

『ア、アニュエラ……何しに来たんだ！　ここは私の部屋だぞ！』

『あら。殿下にお部屋へ来るようにと言われていたのですが……はい、こちらをお届けにまいりましたわ』

アニュエラがテーブルの端に置いたのは、一冊のノートだった。

アニュエラ妃が妃教育を受けていたころに使っていたものだ。教育係から言われたことなどが細かくまとめられている。

これをミリアに譲るようにと、サディアスはアニュエラに言いつけていたのだ。

自分が呼びつけたことも忘れていたのか。酔いなどすっかり冷めて絶句する侍従たちを見回し、アニュエラは会釈をした。

『では皆さん、引き続きお楽しみくださいませ』

にこやかにそう告げて、部屋をあとにしたという。


「なっ……そ、そんなの作り話だ！」

わかりやすい王太子だ。狼狽《うろた》えながら必死に否定している。宰相は乾いた笑みを浮かべた。

「私もそう信じております」

「……父上と母上は、このことを知っているのか？」

「いいえ。真偽のほどが不明でしたのでまだ」

「伏せておけ！　そんなデタラメをお聞かせする必要はないだろう！」

「その通りでございます。さて、殿下。手紙の件なのですが……」

「わかった。書こう。書くから、この話はもう終わりだっ！」

サディアスが酒盛りをしていたことも、アニュエラに暴言を吐いたことも、国王に報告したところで何かが変わるわけではない。今さらすぎる。

だったら、有効活用するまでだ。

目論見《もくろみ》通り、サディアスは宰相に従った。

自分は弱みにつけこみ、王太子を言いなりにさせている。息子に甘いところのある王妃に知られたら、ただでは済まないとわかっているが、手段を選んではいられなかった。

「やはり書けない」とこの期に及んで駄々を捏ねるサディアスを説得して、どうにか謝罪文を仕上げさせた。

数人がかりでチェックしたが、「完璧だ」とうなずける内容となっている。

しかし、彼らの仕事は終わったわけではない。

次はミリアだ。こちらはサディアスより苦労すると、誰もが覚悟していた。

「ミリア様、お話がございます」

「なんですの？　私、今忙しいのよ」

うやうやしく頭を下げる宰相に、侍女に爪の手入れをさせていたミリアがうっとうしそうに視線を向ける。

「レディーナ王国に滞在なさっているアニュエラ妃に、手紙を書いていただきたいのです」

「……嫌ですわ。あんな人のために、無駄な時間を使いたくありませんもの」

予想通り、ミリアは口を尖らせて宰相から顔を背けた。

「正妃である私を差し置いて、ソフィー王女と仲良くなるなんて……いくらなんでも出しゃばりすぎですわ」

「ソフィー王女殿下ご自身が希望なさったことです。レディーナ国王陛下もご存じのことです」

「ですけど、普通は正妃の私にその役回りを譲るものではなくて？　私、正妃として立場がありませんわ！」

「そのようなことをなさったら、一層レディーナ国王はお怒りになるでしょうな」

「私はもう十分に反省したのに、まだ責めるつもりですの⁉」

顔を真っ赤にして癇癪《かんしゃく》を起こすミリアに、宰相は白い目を向ける。彼女の爪をヤスリで削っていた侍女も、時折主《あるじ》に蔑みの眼差しを送っていた。

反省？　とんでもない。

帰国後、ミジューム国王と王妃に詰問されたミリアの弁解は、聞くに堪えない内容だった。

『いつも飲んでいるものより度数の強いワインを飲んで、酔いすぎてしまったみたいですの。ですから、ろくに頭も回らず、異国の言葉をうっかり聞き間違えてしまいまして……』

そこまでひと息で言ってから、さらに言い訳をし続けた。

『ですが、アニュエラ様も悪いですわ！　私に見せつけるように、わざと他国の王族の方々やソフィー王女と話していましたのよ！　きっと私をわざと怒らせて、問題を起こさせるように仕向けたのですわ！　側妃は側妃らしく私の引き立て役をするか、壁際で大人しくなさっていればいいのに！』

自己保身とアニュエラに責任を押しつけることしか考えていない。

酒を飲まなくても普段から頭が回らないくせに、その二点に関しては無駄に知恵が働く。

そして交流会以来、ミリアは以前よりも自分が正妃であることを強調する発言が増えた。

アニュエラが帰国したら、その地位を彼女に奪われるというのに……

だが、これに関しては仕方がなかった。

ミリアは、自分が側妃になることを知らされていない。

もし真実を知ったら、盛大に喚き散らすことが容易に想像できるからだ。

どうせ当分の間、アニュエラにしてもらうような公務はないのだ。だったら、正妃だと思いこませていたほうが周囲の人々は楽だ。

「これ以上、私を虐めるならお父様に言いつけますわよ!!」

「……わかりました。どうか手紙の件はお忘れください」

「当たり前ですわ。私、これからお茶会がありますのよ！」

公務がなくなり、ミリアは好き勝手に生きている。

本日も下位貴族の令嬢たちを呼んで、茶会を楽しむつもりのようだ。

こんなお花畑に謝罪文など書けるはずがない。無理矢理書かせたりしたら、一体いつ仕上がるやら。

宰相はミリアに筆を執らせることを諦めた。

今も王宮に留まっている数少ない教育係のひとりに、代筆を頼めばいい。

こんな有様では、レディーナ王国の件がなくともいずれ大きな問題を起こしていただろう。

ノーフォース公爵家には、すでにミリアが側妃になることを知らせている。抗議してくるだろうと覚悟していたが、意外とあっさり承諾した。

『出来の悪い娘だが、どうかよろしく頼む』

公爵から届いた書状には、そのようにつづられていた。

一見、娘を大切に思う父親の言葉のように思えるが、宰相は言いようのない違和感を覚えた。

そしてその正体に気づいたときには、何もかもが手遅れだった。

第五章　アニュエラの帰国

過剰とも言える枚数の書状だったが、アニュエラは逐一返信の手紙を送ってきてくれた。

『お手紙ありがとうございます。皆様はいかがお過ごしでしょうか？』

『正妃のお話ありがとうございます。喜ばしく思いますわ』

『殿下のお言葉、痛み入りますわ。そちらに戻りましたら、ゆっくりお話をいたしましょう』

『ミリア様、お元気そうで何よりでございます。ソフィー王女は元気を取り戻しつつあるので、ご安心ください』

家臣たちはほっと胸を撫で下ろす。この様子なら、こちらに戻ってきたときも、スムーズに話を進めることができそうだ。

その一方で、サディアスの心中は複雑だった。

（……どうしてこんなことになってしまったんだ）

サディアスが思い描いていた未来とはまったく異なる展開だ。

アニュエラを側妃として縛《しば》りつけ、ルマンズ侯爵家の力を利用するつもりだったのに。

だが、今やアニュエラそのものが、ミジューム王家にとって必要不可欠な存在になりつつある。

ミリアなどよりもずっと。

認めたくないが、認めるしかない。

(アニュエラが正妃に戻れば、またあの女に口うるさく言われる日々が待っている……)

考えるだけで気が重くなる。その対策はしっかり講じておかなければならない。父や宰相にも相談しておくべきか。

「……ああ、やることが多すぎる！」

後頭部を乱暴に掻いて、ペンを握り締める。

これで何通目だろうか。

そろそろ文字を書くことすら億劫《おっくう》になってきたが、時間があまりない。

王太子としての地位を磐石なものにしてみせる。

自分にそう言い聞かせ、サディアスはひたすら文章を書き続けた。


そしてあの忌《い》まわしき交流会から約二か月。

ようやくアニュエラがミジューム王国に帰国した。

王宮では正妃の帰還を祝う盛大な夜会を開催するつもりだったが、取りやめになった。

ルマンズ侯爵家で夜会が開かれることになったのだ。そしてアニュエラもそちらに参加するということだった。

国王陛下とサディアスには招待状が届いた。

だが、王妃とミリアには何もなかった。

「ミリアはともかく、なぜ母上まで……これはさすがに不敬と見なすべきでしょう！」

正妃になるからといって、王妃をないがしろにしていいはずがない。アニュエラの行為にサディアスは怒りを覚えたが、国王はいたって冷静だった。

「かまわん。夜会の主役はアニュエラなのだ。王妃が参加するとなれば、自分の存在がかすむと危《き》惧《ぐ》したのだろう」

「だからといって、やり方が露骨すぎます」

「とにかく、アニュエラと顔を合わせたときにふたりの話題は出すな。よいな？」

「……承知しました」

国王に厳しい視線を向けられ、従うしかなかった。

今のサディアスに拒否権などないのだから。


夜会当日。

出発前に身支度を調《ととの》えていると、ミリアがサディアスの部屋にやってきた。

「ねえ、サディアス様。今夜は私と一緒に過ごしましょう？　最近、会いに来てくださらないから寂しいですわ……」

「悪いが無理だ。寂しいのなら、侍女と雑談でもして暇を潰せばいい」

「どこかにお出かけなさるの？」

「公務だ、公務」

本当の用件を告げたら、烈火の如く怒り出すだろう。適当にあしらうと、ミリアは頬を膨らませ、サディアスに抱き着こうとしてきた。

その寸前で「お化粧がお召し物についてしまいますので」と侍女に止められる。

「服なんてほかにもたくさんあるでしょ⁉　妻より着ていく服を優先するの⁉」

「当たり前だろう。夜会……ならともかく、公務なんだぞ」

「もう……サディアス様なんて知らない！」

ミリアは金切り声を上げると、勢いよく部屋を飛び出していった。

身勝手なこと極まりない。

彼女の反応を見るために「公務」と嘘をついたが、特に思うところはないようだ。

以前は多少なりともあった公務が、交流会以降ピタリとなくなったというのに。

むしろ仕事がなくなったことを喜んでいるに違いない。

あまりにも脳天気なので、もはや殺意すら湧いてくる。

サディアスはいら立ちを抱えながら、国王とともにルマンズ侯爵家に赴いた。

ルマンズ侯爵邸に到着したサディアスは絶句した。

夜会には国内の貴族だけではなく、近隣諸国の重鎮が招待されていた。まるで王家主催のパーティーのような錚々《そうそう》たる顔ぶれだ。

隣を見ると、国王は苦虫を嚙み潰したような表情をしていた。

ルマンズ侯爵は、数年前まで外務大臣を兼任していた重要人物だ。職を退いたあとも、その人脈の広さは健在である。

それがルマンズ侯爵家の強みのひとつだ。

故に、その子どもたちも他国の言語に精通しており、個人的な繋がりを持つ者が多い。

次期当主でありアニュエラの実兄であるドミニクは、レディーナ王国に数年留学していた。

当時、その話を聞いたサディアスは、外務大臣に慌ててかけ合った。

『私も留学することはできないのか？』

『お言葉ですが、殿下。ルマンズ侯爵子息の留学は、レディーナ王国の提案によるものです』

『……私にはなんの知らせもないが』

サディアスは不満げにつぶやいた。

たかが侯爵子息には留学の提案があり、自分にはないというのか。

『私も留学するぞ。至急レディーナ王国へ受け入れを要請する書状を送れ』

『なりません。先方が殿下にお声をかけなかったのには、正当な理由がございます』

『どういうことだ？』

『以前、殿下がどれだけ外国語を習得なさっているか確認する書状が届いたことがありました。その時点で、殿下はまだ三か国語しか習得しておられませんでした』

『まだとはなんだ！　遅いような言い方をするな！』

『失礼しました。ですがルマンズ侯爵子息は、あの時点で五か国の言葉を習得していたそうです』

子息と王太子とでは頭の出来が違う。

遠回しにそう言われているようだった。

『なぜ正直に記したのだ！　六か国と書いておけばいいものを！』

『殿下……嘘はいけませんよ』

『どうせ最終的には覚えるのだ！　嘘ではない！』

結局書状が送られることはなかった。むしろこの件が国王の耳に入り、サディアスはこっぴどく叱られた。

『これ以上私の心労を増やすな！』

当時の国王はずいぶんと荒れていた。宰相たちに当たり散らすことも多々あった。

（父上は何も語らないが、もしかしたらこちら側の非で、他国との重要な契約を破棄された時期だったのかもしれない）

だが、息子にその八つ当たりはやめてくれと思ったものだ。

（あれは……）

当時の苦い記憶を思い返していると、アニュエラの姿を見つけた。

何やら若い男と談笑しているようだ。あんなに楽しそうな彼女は、初めて見た気がする。

ふたりの親しげな様子が、なんとなくおもしろくない。

「……アニュエラ」

「あら、サディアス様。お久しぶりでございます」

不機嫌を露わにして声をかけても、アニュエラが動じることはなかった。むしろにこやかに会釈される。

隣にいた男もうやうやしく頭を下げる。

「ふたりでなんの話をしていたのだ」

「この国の特産物について話しておりました。ねぇ、シェイル様」

「はい」

顔を見合わせてうなずき合うふたりは、まるで長年寄り添ってきた恋人同士のようだ。

今までに感じたことのないような焦りが、サディアスの中に生まれた。弾かれたように口を開く。

「楽しそうで何よりだ。しかしアニュエラは、私の正妃なのだ。彼女と話をしたければ、まずは私に許可を取って……」

「なんの話ですの？」

アニュエラが笑顔のまま首をかしげる。

予想外の反応に、サディアスは戸惑いを覚えた。

「なんのって……妻の行動を管理するのは、夫として当然の……」

「そうではなくて、正妃のお話です」

「君こそ何を言っているのだ。ミジューム王国に帰国し次第、正妃に戻るという話だったじゃないか」

「ふふふ。ご冗談を。私、正妃に戻るつもりはございません」

サディアスを嘲笑《あざわら》うように、アニュエラは扇で口元を隠しながら笑った。

その言葉を聞いて、サディアスは目を大きく見開く。

「今……なんと言ったのだ？」

「ですから、正妃になるつもりはありませんと申し上げたのです。聞こえませんでしたか？」

首をかしげて確認するアニュエラに、サディアスは絶句する。それでもどうにか言葉を絞り出そうとするが、うまく思考が纏まらない。

「な……どういう……」

「どういうことだ、アニュエラ！」

サディアスの言葉を継いだのは国王だった。怒りの形相《ぎょうそう》でアニュエラにつめ寄る。

賑やかだった会場が、水を打ったように静まり返った。

「帰国し次第、そなたを正妃に戻す手はずだったのを忘れたのか？」

厳しい口調で凄まれても、アニュエラは怯《ひる》まない。

「ええ。そのようなお手紙を何通もいただきましたわね」

「そなたも喜んでいたではないか！」

「ですが、そのお話をお引き受けするとはひと言も書いておりません。嘘だとおっしゃるのなら、ぜひ今まで私が送った手紙を読み返してくださいませ」

アニュエラの言葉に、国王は歯噛みする。

たしかにそのような文章はなかった。

アニュエラが承諾したと思って勝手に舞い上がっていたのだ。

「な、なぜだ……？　正妃に戻れるのだぞ？　こんな名誉なことはないではないか」

「名誉？　そうですわね……そんなもののために、馬車馬のように働かされるのはごめんですわ」

アニュエラは目を細め、冷ややかに言い切った。

「どうせ、私に公務をすべて押しつける気でしょう？　その上、王太子夫妻のやらかしの後始末までさせられるなんて……体がいくつあっても足りませんわ。お断りいたします」

「お前が私の妻であることに変わりはないのだぞ⁉　王家に尽くすのは当然のことだ！」

サディアスは我慢の限界だった。

周囲の目も忘れ、妻につめ寄る。

「今すぐ正妃に戻ると言え！　逆らえばどうなるか、お前ならわかるだろう！」

「どうなるのかしら。私には皆目見当もつきませんわ」

「廃妃にしてやる。王家に従わない妃など不要だ」

どうだ。言ってやったぞ。勝利を確信したサディアスは、得意げな笑みを浮かべた。

「わかりましたわ。では、その方向で参りましょう」

「……は？」

サディアスは、さすがの彼女でも一切の迷いもなく、廃妃を受け入れるとは想像しなかった。むしろ、顔色を変えて縋りついてくると思っていた。

「アニュエラは……本当にそれでいいのか？　私と夫婦ではいられなくなるんだぞ……」

「はい。赤の他人ですわね」

「たに……」

「ひとつお聞きしますけど、あなたの妻で居続けることで、私にとって何かいいことがありますか?」

もちろん、嫌みも含まれているのだろう。

けれどアニュエラは、本気でそのことを疑問に思っているようだった。

少し前のサディアスなら、自身の長所をたくさん挙げていただろう。

だが今は何も浮かばない。

何を言ったところで、アニュエラにばっさりと切り捨てられる予感があった。

「息子が軽率なことを言ってすまなかった。こやつは、そなたの気を引きたかっただけなのだ」

国王が両者の間を取り持とうとしたが、すでに遅かった。

「王太子ともあろう御方が、そのような理由で廃妃という言葉を口になさったのですか? まあ怖い」

「単なる言葉の綾だ。だからそなたも、妙な意地を張らずに……」

アニュエラの挑発的な言葉にも、国王は下手に出るしかない。かつて彼女を見下していたときとは、完全に立場が逆転していた。

「お気になさらずに。本当は自分から申し上げるつもりでしたから。サディアス様とは離縁させていただきます、と」

アニュエラが会場内に目を配る。

驚いている者は誰もおらず、みんな平然とした様子だった。アニュエラの傍らにいるシェイルすら。

サディアスと国王だけが、虚を突かれたように立ち尽くしている。

「というわけです。私はほかの招待客とお話がありますので、そろそろ失礼いたしますわ」

アニュエラはシェイルを引き連れてその場から離れた。すると、たちまち招待客たちがふたりを取り囲んだ。

皆、口々に祝福の言葉を述べる。事前に知らされていたのか、それとも察していたのか。

いずれにせよ、誰もがアニュエラの廃妃を喜んでいた。


誰もがアニュエラの廃妃を祝福する空気の中、人知れず会場を退出する者たちがいた。

ミジューム国王と王太子だ。

国王はすべてを諦めたような表情だったが、息子のほうはまだ納得いかないのか、不満げな顔でアニュエラを睨みつけていた。

衆目の前で離縁を宣言されたというのに、いまだに正妃にすることを諦めていないようだ。

彼女を敵視する一方で、あそこまで執着するのは個人的な感情が強いからだろう。

気高く聡明なアニュエラを屈服させ、自分の所有物にしてやりたいという欲が見え隠れしている。

その根底にあるのは憎悪や妬《ねた》みではなく、歪《ゆが》んだ愛情だ。

（いや、あんなモノが愛であってたまるか）

シェイルは静かに去っていく王族をきつく睨みつけた。

サディアスは、国王と違って現状をろくに理解していないようだった。

大勢がいる中で、アニュエラは離縁を申し出たのだ。

それも、容赦《ようしゃ》のない物言いで。

あれには、シェイルも固唾《かたず》を呑んで見守っていた。

しかし誰ひとりとして、アニュエラの発言を非難する者は現れなかった。

特にミジューム王国の貴族は「よくぞ言った」と褒め讃えていた。その多くはルマンズ派であり、反ノーフォース派だ。

国王はそのことに気づいていた。

だからこそ、深追いすることを止めた。

今後、ルマンズ侯爵家とは距離を置くことも決めただろう。

そう仕向けるために、アニュエラはあえてこんな方法を取ったのかもしれない。

しかし問題はサディアスだ。

「シェイル様。そんな怖いお顔をなさって、どうなさいました？」

ようやく招待客たちから解放され、バルコニーで涼んでいるとアニュエラが声をかけてきた。

「サディアス王太子のことを考えておりました。彼がこのまま引き下がると思いますか？」

「引き下がらないでしょうね」

アニュエラはうんざりしたように言った。

その表情から彼女のこれまでの苦労を察して、シェイルは腹の奥がカッと熱くなるのを感じた。

沸き上がる怒りを抑えるように、深呼吸を繰り返す。

(まさか、サディアス王太子があのような男だったとは……)

アニュエラはあんな男のために、人生を捧げようとしていたのだ。

サディアスがミリアを見初めることなく、当初の予定通りアニュエラを正妃にしていたら。想像するだけで、頭に血がのぼりそうだ。

彼女が自分以外の男に嫁ぐのは耐えられる。

貴族とはそういうものだからだ。

アニュエラが王太子の婚約者に決まったと知らされたときも、何度も自分にそう言い聞かせた。

そして、無理矢理納得した。

それなのに、サディアスはアニュエラを裏切った。

利己的な理由で彼女の尊厳を踏みにじったのだ。

先ほど王太子と対面したときも、あの男の胸倉を掴んで文句を言ってやりたかった。

だが、シェイルは自分自身にも怒りを感じていた。

(俺だったら、アニュエラ様を悲しませなかった……!)

物わかりのいい男の振りをして、彼女への想いに蓋《ふた》をした。

一目惚れだった。

アニュエラと初めて会ったとき、その美しさと聡明さに心を奪われていたのだ。

他国の令嬢。それも侯爵家の娘だ。

引く手あまたであることは、わかり切っていた。

けれども、彼女との繋がりが欲しくて、自分から文通を申し出た。イスワール伯爵家の跡取りであると、自覚しながらも。

それほどまでに焦がれたくせに、手放してしまった。

彼女をさらって、ミジューム王国でもレディーナ王国でもない、どこかへ逃げる勇気のなかった小心者だ。

「ご安心ください、アニュエラ様」

「え？」

「私があなたをお守りいたします」

シェイルはアニュエラの目をまっすぐ見つめて言った。

この想いを成就させるつもりはない。

報われなくたっていい。

ただ、アニュエラをあの男から守ることができるのなら、それでいい。

「……ありがとうございます」

アニュエラははにかむように笑った。頬にほんのりと赤みが差している。

「本当にあなたは昔から変わりませんわね。どこまでも誠実で、優しい人」

「いえ、私は……」

「だけど言葉の使い方には、ご注意なさったほうがよろしいと思います」

「も、申し訳ありません！」

不快にさせてしまっただろうか。慌てて詫びると、アニュエラは「そうではなくて」と困ったように首を横に振った。

「優しい言葉をかけられると、勘違いしてしまいそうですから」

気のせいだろうか。アニュエラの頬は先ほどより赤い。

とくん、とシェイルの心が大きく波打つ。

「あの、アニュエラ様……それはどういう……」

「なんて、冗談ですわ」

詮索《せんさく》を避けるように、アニュエラはくすりと笑った。一瞬、エメラルドグリーンの双眸が寂しげに揺れたのを、シェイルは見逃さなかった。

もしかしたら、彼女も同じ気持ちを抱いているのではないか。

そう思わずにはいられなかった。

「あちらの御仁がお呼びですわ。参りましょう、シェイル様」

「はい……」

シェイルはうなずくと、アニュエラとともに歩き出した。その細い腕を引き寄せ、力強く抱き締めたら、彼女はどんな反応をするだろうか？

脳裏に浮かんだ想像を掻き消すように、首を左右に振った。

数日後。議会において、アニュエラとの離縁が無事に承認された。

こうして王太子妃は、ミリアひとりとなった。公務を一切行わず、妃教育も修了していない正妃だ。

第六章　亀裂

新たな側妃を迎え入れるしかない。

王宮が下した苦渋の判断に、真っ向から反論したのはサディアスだった。

「アニュエラを連れ戻せばいいだけだ。アレは一時でも王家の人間だったのだから、その務めはしっかり果たさせるべきだろう」

「殿下……アニュエラ妃との離縁は、議会で承認されたことなのです。それを覆《くつがえ》すことなどできません」

宰相が力なく首を横に振ると、サディアスはあの言葉を口にした。

「王命で……」

「なりません。それはもはや王族としてではなく、人間として恥ずべき行為です」

諫める言葉にも、いよいよ遠慮がなくなってきた。「あなたは人間として恥ずかしい」と指摘されていると気づき、サディアスの顔が赤く染まる。

「不敬だぞ！　このことは父上に報告するからな！」

「気分を害されたのなら謝罪いたします。ですが私も、王命を受けております故」

「は？」

「殿下が暴走しようとしたときは、必ず止めるように。そのためなら、多少の暴言も許すと言いつかりました」

「ぐっ……」

サディアスが何も言い出せぬ間に、宰相はあるモノを机の上に広げた。

それを見たサディアスは、大きく目を見開く。

「な、なぜ……なぜ、こんなものがここにある⁉」

他国の王族や高位貴族の子どもたちに宛てた書状だ。

そして、美しい輝きを放つ装飾品の数々。

「ご自分の侍従たちに装飾品を与え、それと引き換えに書状を送付させようとした。間違いありませんね？」

そう問いかける宰相の目は冷たい。

「あいつら……私を裏切ったのか」

「違います。殿下を思ってのことです」

呆然とするサディアスに、宰相はため息をつく。

「殿下は現在、他国との接触を厳しく禁じられております。お忘れではありませんよね？　なのに、我々になんの相談もなく書状を送るとは……親睦《しんぼく》を図るのが目的のようですが、このようなものを突然送りつけたら各国から苦情が来てしまいます！」

「だ、だがアニュエラも要人の娘たちと文通をしているではないか。女だから許されるとでも言うのか？」

「おそらくルマンズ侯爵令嬢は、しっかりと段階を踏んでおられるのだと思います」

「それはどのようなことだ？　私も実践しよう」

「アニュエラ様にお聞きしなければ、それはなんとも」

使えない。サディアスは眉をひそめながら、机に置かれたままの書状の束を抱えた。

（ん？）

『あの国』宛ての書状だけがないことに気づく。

あれを任せたのは、騎士団長の息子だったか。

初めは渋っていたが、大粒のルビーの首飾りを見せると目の色を変えていた。宝石店に売り渡すのか、婚約者に贈るのかは知らないが、うまくやってくれたようだ。

国王や宰相からは「余計なことをするな」という雰囲気が伝わってくるが、そういうわけにもいかない。

レディーナ王国と険悪になった以上、この国には新たな友好国が必要となる。

その最有力候補がアグニール帝国。レディーナ王国と同等の国力を誇り、覇権国家の座を争っている。

さすがのアニュエラも、あの国にまでは影響力を得てないだろう。

帝国への書状だけは送ることができた。

天はまだ自分を見放していないということだ。

心の高揚を隠しながら廊下を歩いていると、どこからか甲高い声が聞こえてきた。

あれは……ミリアの声だ。

「何かあったのか?」

近くにいた者に聞く。

「ミリア妃が自分のアクセサリーが盗まれたと騒いでおりまして……」

「ああ……」

そういえば、侍従たちに渡した装飾品はもともとミリアに買い与えたものだった。どうせ素直に頼んでも譲ってくれないだろうから、勝手に持ち出したのだが……

「……勝手に騒がせておけ」

「しかし、よろしいのですか?」

文官が念を押すように確認してくる。

「あれに構っている暇はない」

サディアスは冷ややかな声で言った。

どうせ今さら返したところで、文句を言われるだけだ。理由を説明しても、素直に納得するとは思えない。

子どものように喚く姿を想像するだけで、うんざりしてくる。

それなら王宮の誰かが盗んだことにすればいい。

ミリアをうとましく思っている人間は大勢いる。犯人を特定できず、そのうちうやむやになるだろう。

「ルビーのネックレスも、エメラルドのイヤリングも、ダイヤモンドの指輪もないわ！　誰かが盗んだのよ‼」

ミリアの怒鳴り声が響き渡る。

「お、落ち着いてください、ミリア妃」

「すぐに宰相閣下にご報告して、犯人を捜しましょう」

普段彼女の我儘《わがまま》に振り回されている侍女たちも、この事態にはすぐさま動こうとする。

「犯人捜しはいいわ」

「え？」

「あのデザイン、飽きちゃってたのよね。だから代わりのものを買っていいわよね？」

にっこりと微笑んで両手を差し出すミリア。予想していなかった言葉に、侍女たちは絶句する。

「代わりのもの、でございますか？」

「ええ。正妃の私が美しく着飾るのは当然のことでしょう？　早くカタログを用意して」

「で、ですが、ミリア様……」

「何モタモタしてるの？　あなたたちが部屋にしっかり鍵をかけておかないから盗まれたのよ？」

「申し訳ございません……」

激しい剣幕で捲し立てられ、ぐうの音も出ない。ミリアが不在の間、部屋に施錠をするのは侍女の役目だ。

盗難が発生したら、それは彼女たちの責任となる。

ミリアもそれを理解している。だからこそ、その弱みにつけこもうとしていた。

「もしかして、あなたたちが私のアクセサリーを盗んだの？　ひどいわ！」

「滅相もないことでございます！　私たちはそのような……」

あらぬ疑いをかけられ、侍女たちは真っ青な顔で首を左右に振る。

「だったら早く！　新しいのを買ってよ‼」

「か、かしこまりました！」

侍女たちが部屋から飛び出していく。

それでもミリアの怒りは収まらず、飾られていた壺を扉に投げつけた。砕け散ったそれを放置して、ベッドに腰かける。

「もう！　なんなのよ！」

ただでさえ、近ごろは鬱憤《うっぷん》が溜まっていた。

面倒臭い公務をしなくてもいいと言われ、ずっとサディアスといられると思っていたのに、ほとんど会いに来てくれない。

茶会の招待状を出しても、欠席する令嬢が増えた。今も来てくれるのは、もともとノーフォース公爵家と親交の深い家の娘だけだ。

（どうして？　いつも同じ女ばかりじゃない！）

ミリアが来てほしいと望んでいるのは、高位貴族の令嬢だ。澄ました表情の彼女たちが、自分に媚《こ》びへつらうところを見たい。

だが彼女たちが茶会に参加したのは、数回程度だ。

しかも正妃に向かって、失礼な態度を取ってきた。おそらくアニュエラの差し金だろう。

(私とアニュエラで何が違うの？　私のほうが可愛いのに！　素直で明るい性格なのに！)

勉強が少しできる程度で、いい気になっているのが気に入らない。愛嬌のない腹黒い女のくせに、どうしてちやほやされるのかわからない。

あんな女、二度とミジューム王国に帰ってこなければいい。

そうすればサディアスも独り占めできるのに。


「……ミリア妃の装飾品が？」

そのころ、侍女たちから知らせを受けた宰相は、怪訝そうに眉をひそめていた。

「はい。ミリア妃はあのようにおっしゃっておりましたが、早急に犯人を捜したほうがいいと思います」

「うむ。そうだな……」

まさか、と宰相の脳裏に浮かんだのは、サディアスの侍従たちである。あれらの装飾品は、どれも大粒の宝石を使用した女性物だった。

不穏な予感に胸がざわつく。

（ミリア妃にたしかめさせるか？　……いや）

仕事も勉強もしない、お飾りの妃には似つかわしくない代物ばかりだ。

ミリアも盗まれたものに未練はないのか、新しいものが欲しいと駄々を捏ねているらしい。宰相は、このことを心の中にしまいこんでおくことに決めた。

「……ミリア妃にカタログを与えてやれ」

「かしこまりました」

「近ごろは、本物そっくりの人工宝石が庶民や下位貴族の間で流行っていると聞く」

どうせ、あんな世間知らずに宝石の価値などわからないだろう。

公式の場に出ることはないのだから、なんの問題もあるまい。

宰相は、のちにこの判断を悔やむことになる。


三日後、ミリアが注文した装飾品が王宮に届いた。

「どれもとっても綺麗だわ。本物にしか出せない光沢と輝きって感じね」

「え、ええ。ミリア様のおっしゃる通りでございます」

ぎこちない笑みを浮かべる侍女を、ミリアは鼻で笑った。

（私に嫉妬しているのかしら。浅ましい女だわ）

豪勢に着飾ることができるのは、身分の高い女の特権だ。十種類もの宝石を使用したネックレスを首に着けながら、鏡で自分の姿を確認する。

「うふふっ、どう？　似合うでしょう？」

「はい。とっても……」

侍女はあいかわらず頬を引きつらせながら、うなずくだけだった。

主人を素直に褒められない惨《みじ》めな召使い。

ミリアは侍女の様子をそう捉え、目を細めて笑った。


事件は数日後の茶会で起きた。

「……あら？　ミリア様もイミテーションを好まれるのですね。少し意外ですわ」

ひとりの男爵令嬢が他意なく、ミリアにそう尋ねる。

この令嬢の家は、イミテーション専門の宝石店と契約していた。

「イミテーション？　このネックレスに使用されているのはダイヤモンド、ルビー、サファイア、あとは……忘れてしまいましたわ。でも、そんな名前の宝石なんて使われていませんわ」

「え？　ご存じないのですか？　人工宝石のことでございます」

「……人工宝石？」

藪《やぶ》をつついて蛇を出してしまった。訝《いぶか》しげに首をかしげる正妃に、令嬢たちは強張った顔で顔を見合わせる。

「あ、いえ。今のはお忘れになってください」

「なんですの？　ここまで来たら、最後まで教えてくださる？」

「ですが……」

「この私に逆らうつもりですの？　不敬と見なしますわよ」

冷淡な声で言い渡され、男爵令嬢は観念して語り始める。

イミテーションとは、宝石の模造品であること。主にガラスや、宝石としての価値のない天然石を加工して作られていること。

それ故に、本来の宝石よりも比較的安価で購入できること。

ミリアの顔から余裕の笑みが崩れ落ちる。

「ふ、ふぅん……そういったものがありますのね。ですが、私のネックレスは本物の宝石を使っていますわ。そうでしょう？」

「も、もちろんでございます！　だって、王太子妃様がイミテーションなどお使いになりませんものね……」

男爵令嬢の顔はもはや蒼白だった。どうにか正妃の不興を買わないように、早口で耳当たりのよい言葉を紡いでいく。

だがさすがのミリアも、その甘言を鵜呑《うの》みにはしなかった。

「嘘つき！　正直に言いなさいよ！」

顔を赤く染めながら席を立ち上がり、男爵令嬢に紅茶をぶちまけた。そして傍に控えていた侍女を睨みつける。

「あなたよね？　あのカタログを持ってきたのって」

「は、はい。ですが、あれは宰相閣下が……」

「私は正妃よ！　こんなことをしてもいいと思ってるの⁉」

ミリアの怒号が庭園に響き渡り、騒ぎを聞きつけた者が集まり始める。

どこからか聞こえてくる会話が、ミリアの意識を奪う。

「自分が偽物を着けてるってようやく気づいたのか……」

「遅すぎる。まあ、あのお妃様なら仕方あるまいよ」

「なんせ、本人が偽りの正妃だからな」

「おい、こんなところでやめろ。本人に聞かれたらどうする」

彼らの言葉に、いら立ちが膨らんでいく。

(偽りって何よ！　私は本物の正妃よ！　ほかに誰がいるっていうの⁉)

自分をバカにする人間は、絶対に許さない。

激情に駆られたミリアは、思わぬ行動に出る。

周囲の制止を振り切ってノーフォース公爵家に戻ると、父親に助けを求めたのだ。


ミリアが実家に帰った数日後。

ノーフォース公爵が大勢の領兵を率いて、王宮を訪れた。

「私の大事な娘が不当な扱いを受けたそうなのでな。少し調べさせてもらおう」

「調べる？　何をだ？」

「まずは、娘の装飾品を盗んだ犯人を捜さなくては。どうせ、そちらでは何もしていないのだろう？」

顎《あご》を擦《さす》りながらノーフォース公爵が問う。質問というより、確認するような物言いだった。

宰相はごくりと息を呑む。昔からこの男が苦手だった。

ルマンズ侯爵が不正を嫌う清廉潔白な人物であるなら、ノーフォース公爵は目的のためなら手段を選ばない狡猾《こうかつ》な男だ。

公爵家によって潰された貴族家はいくつもある。

いいや、この男だけではない。ノーフォース公爵家は代々そうやって自分たちに仇《あだ》なす者を排除し続け、ミジューム王国の名家として君臨してきた。外交にも力を入れており、他国との繋がりも深い。

恐ろしい血筋だ。

この国で、最も敵に回してはならないと言われている。

ミリアに受け継がれたのは、ずる賢さだけだった。それも自分に都合の悪いことが起こったときにだけ発揮される。

本当にノーフォース公爵家の人間かと疑いたくなるような、お花畑の娘だ。

ミリアという突然変異が生まれ、安堵する者もいれば、同情する者も多かった。

公爵家はミリア以外に子宝に恵まれなかった。

社交界では、数年前に亡くなった夫人が病気がちだったからとされている。

公爵は夫人を溺愛していたので、後妻を迎えるつもりがないとも……

「では宰相閣下、あなたの部屋も調べてもいいだろうか」

「ま、待て、公爵殿。あなたにそのような権限はない。たとえ娘のためであっても、認められんぞ」

「あなた方に認めてもらわなくても結構。すでに議会の承認も得ている」

ノーフォース公爵は薄ら笑いを浮かべ、承認書を宰相に見せつけた。

(なんという男だ……)

たしかに数日前、議会が開かれた。

だが、この件について議案が提出されたという報告は上がってない。

おそらく箝口令《かんこうれい》を敷いていたのだろう。証拠の隠滅を防ぐためと言っておけば、反対意見は挙がらない。

今、この国でノーフォース公爵家にまともに対抗できるのは、ルマンズ侯爵家ぐらいだろう。

(議会にはルマンズ侯爵も出席していたはずだ。なのになぜ、公爵を止めなかったのだ!?)

領兵を引き連れて王宮に押しかけるなど、前代未聞だ。ほかの高位貴族たちならともかく、ルマンズ侯爵が看過するとは思えない。

どうして止めてくれなかったのかと、他力本願な考えが浮かんでしまう。

こうして領兵たちによる捜索が始まった。

よりによって国王王妃両陛下が、公務で地方へ出向いているときの出来事だった。いや、このタイミングを狙っていたのかもしれない。

多くの者たちは困惑しつつも、捜査には協力的だった。何もやましいことなどないからだ。

もちろん、やましいことがある者は話が別だが。

「や、やめろ、私の部屋には入るな！　貴様ら全員不敬罪で絞首台送りにしてやる!!」

サディアスが必死の形相《ぎょうそう》で抵抗しているが、なんの抑止にもなっていない。

領兵たちが、ドロワーやクローゼットの中を調べていく。

その結果、女性用の装飾品が多数発見された。

「……殿下、なぜあなたがこのようなものをお持ちなのですか？」

ノーフォース公爵が表情を変えずに問いかける。だがサディアスは呆然と立ち尽くすばかりだ。

（なぜ、装飾品をさっさと処分なさらなかったのだ……！）

宰相は王太子を怒鳴りたい衝動に駆られた。


「これは一体どういうことだ。何が起きている？」

王宮に帰還した国王は、すぐに異変に気づいた。

王妃は旅の疲れを癒すために自室に戻ろうとしたが、それすらも許されなかった。

「こちらへどうぞ」

ふたりが領兵たちに案内されたのは、普段使われていない空き部屋だった。そこには顔面蒼白の宰相と息子、そしてなぜかノーフォース公爵が着席していた。

「ノーフォース公。一から説明してもらおうか」

「陛下は、先日何者かによってミリアの装飾品が盗まれたことはご存じですか？」

「ああ。いまだ犯人が見つかっていないそうだが……」

「見つかりましたよ。今、私の目の前にいらっしゃいます」

ノーフォース公爵が向かい側に座るサディアスへ視線を移す。

「……何かの冗談であろう？」

「おや。宰相閣下からご報告いただかなかったのですか？」

「宰相、なんの話だ」

国王の声はわずかに震えていた。

何があったのか、息子が何をしてしまったのか、頭の中ではほぼ答えに辿り着いていた。

それでも思い違いであってほしいと、思わずにはいられなかった。

たとえ周囲からうとまれている正妃相手であっても、王太子が盗みを働くなど考えたくない。

「へ、陛下、誠に申し上げにくいのですが――」

「違う！　あれは私が自分で買ったものだ！　ミリアの部屋から盗んだものではない！」

サディアスの悲痛な叫びが宰相の言葉を遮った。

「そ、そうよね。私たちの息子がそんなことをするはずがないわ……」

「お言葉ですが、王妃陛下。娘と侍女が部屋を空けている間、殿下に命じられた侍従が合鍵を使って侵入したと自白しているのですよ」

「そんなのデタラメよ！　サディアスを陥れようとしているのだわ！」

「母上の言う通りだ！　物的証拠もないのに、私を犯人扱いしないでもらおうか！」

必死に無実を訴える母子を見る公爵の目は冷ややかだった。しかし唐突に笑顔になると、数枚の紙をテーブルに置いた。

「それはなんだ？」

訝《いぶか》しげに尋ねたのは宰相だった。

「領収書です」

「領収、書？」

サディアスの顔から表情が抜け落ちた。

「はい。殿下は何か勘違いなさっているようですが、あの装飾品はミリアが正妃になってから購入したものではなく、どれも私があの子に買い与えたものです。よほど気に入っていたのでしょう。娘はあれらを持参して殿下に嫁ぎました」

「そ、そんな……だが、あれは私の……」

「裏面に彫られている製造番号を確認すれば、すぐにわかることです」

「あ……」

ノーフォース公爵にあっさり切り返され、サディアスは放心する。

情けない姿の息子を見てすべてを悟った王妃が、息子の頬を平手打ちする。

「サディアス……あなた、なんてことを！」

「母上、違うのです……私はただ、どうにかこの国を救おうと……！」

「意味がわからないわ！　あなたには王族としての自覚がないの⁉」

他国への書状の件を知らない王妃には、サディアスの言い訳は到底理解できないものだった。さらにもう一発、息子の頬を打った。

国王も険しい顔で、宰相から事の経緯を聞き出している。

「……おそらくご両親に似たのでしょうねぇ」

柔和な笑みを浮かべたノーフォース公爵のつぶやきは、誰の耳にも届かなかった。

◇◆◇◆

「ああもう、次から次へと書状や書類が舞いこんでくる」

机の上に山積みにされた書類の束を見てげんなりしているのは、アニュエラの実兄ドミニクだ。

妹があの王家から解放されて、喜んだのも束の間。

そのあとで待っていたのは、大量の仕事だった。父、ルマンズ侯爵がやっていた件も、ドミニクが受け持つことになって多忙を極めている。

「大丈夫ですか、お兄様」

「大丈夫なわけあるか。お前も少し手伝ってくれないか」

「ごめんなさい。私にも自分の分がありますの」

「私よりは量が少ないだろう！　まったく……」

ドミニクは妹をじろりと睨んだ。

「まあまあ。こうなることはわかっていたでしょう？」

アニュエラはごく一部の人間にだけ見せる無邪気な笑みを浮かべた。

昔から兄は口では文句を言いつつも、きっちりと成果を出すタイプだった。

父もその点を高く評価していて、だからこそ、こうして仕事を任せている。

ルマンズ侯爵も暇な時間欲しさに、ドミニクはともかくアニュエラにまで仕事を押しつけているわけではない。

子どもたちの手を借りなければならないほど忙しいのだ。

ふたりの母であるアデールも挨拶回りで、本日も遠方に出向いている。

家族総出の大仕事だ。

いや、ルマンズ侯爵家だけではない。ルマンズ派の貴族たちも、今後を見据えて行動している。

本当の意味で忙しくなるのはこれからだ。

万が一のことを想定して、準備しておく必要がある。

「しかし、こんな状況でもまだいるとは……」

「誰がですの？」

「王家派だ。うちとノーフォースで真っ二つに割れたものと思っていたが、決して少数ではない。しかも私兵を抱えている家もある。ノーフォース公爵の議案に反対したのもおそらくそいつらだ。

多数決の結果、採択されたようだが」

採択の是非を問う投票は匿名《とくめい》で行われるが、誰が反対票を投じたのかは見当がつく。ルマンズ派でもノーフォース派でもない、第三の勢力だ。

ドミニクの話を聞いていたアニュエラは、少し考えてから言った。

「彼らも、最終的にどちらにつくのか迷っているのでしょう。簡単に決められるものではありませんもの」

「まあな」

「……にしても、なぜノーフォース公はあんな方法を取ったんだ？」

「はい？」

「こんなまどろっこしい真似などしないで、さっさと潰せばいいだろうに。やり方なんていくらでもある」

非合理的すぎる、とドミニクは眉を寄せて疑問を呈する。

だが、アニュエラはなんとなくノーフォース公爵の思惑を察していた。

彼の性格を考えればよくわかることだ。

まだミリアが正妃となる前、サディアスは公爵のことをこのように評していた。

——味方につけば頼りになるが、敵に回すと非常に厄介で粘着質な男、と。

あの王太子にしては珍しく的確な表現だったので覚えている。

ノーフォース公爵を狡猾《こうかつ》な男と恐れる者は多いが、同時に慕う者も多い。

彼が牙を剥くのは、敵と見なした相手だけだ。すぐに息の根を止めず、じわじわと苦しめるような残忍さを持つ。

そして一度味わった屈辱は決して忘れない執念深さも秘めている。

もちろん、この国の民たちを憂う気持ちもあるだろう。

しかし、それと同時に、彼は長年抱え続けていた恨みを晴らそうとしているのだ。

王家だけではなく、亡き妻と彼女が遺した娘に対しても。

ルマンズ侯爵家は、それを止めるつもりはない。民が戦火に巻きこまれることがないのなら、多少のことは目をつむると決めていた。

「そういえばシェイルはどうした？　朝から姿が見えないが」

レディーナ国王の命により、一時的にルマンズ侯爵家の補佐を務めているあの男が見当たらない。

「街へ出かけましたわ。お菓子を買ってきてくださるそうです」

アニュエラが答えると、ドミニクは小さく笑った。

「お前も一緒に行けばよかったのに」

「……なんですの、その顔」

軽いいら立ちを覚えて、アニュエラはむっと口を尖らせる。

珍しく子どもっぽい反応を見せる妹に、ドミニクの笑みが深くなる。

「お前があいつの手紙をいつも心待ちにしていたのは、知っているんだぞ。あいつもきっと、お前のことを……」

「それはお兄様の勘違いですわ」

ドミニクを遮るように、アニュエラは素っ気ない口調で言った。

頬をほんのりと赤らめながら。

「シェイル様がそのような素振りを見せたことなど、一度もありません。彼にとって、私は単なる友人でしかありませんわ」

「たかが友人に手紙を送り続けるものか？　それに、お前がレディーナ王国にいると知って、すぐに会いに来たそうじゃないか」

ドミニクは頬杖をつくと、冷めた視線でアニュエラを見た。

「あの方は律儀な方ですから」

「お前から言い出すのを待っているのかもしれないぞ」

「いいですこと、お兄様！　私は一度結婚した身ですわ。そんな傷物を好いてくださるはずが……」

――ガチャン。

そのとき、執務室の扉が開いた。

「ああ、こちらにいらっしゃいましたか」

来訪者はシェイルだった。中に入るなり、紙袋から華やかな意匠《いしょう》の缶を取り出す。

「アニュエラ様が好きだとおっしゃっていた焼き菓子を買ってまいりました。どうぞ召し上がってください」

「まあ……ありがとうございます」

アニュエラは缶を受け取って礼を言った。頬をほんのり染めながら、うれしそうに笑みを浮かべている。

「あとでお茶と一緒にいただきますわ。シェイル様もご一緒にいかがでしょうか？」

「私は仕事がございますので……」

シェイルがやんわりと断ろうとするので、ドミニクは咄嗟に口を挟んだ。

「妹は仕事のしすぎで心身ともに疲れているんだ。息抜きに付き合ってやってくれ」

「私などでよろしいのですか？」

シェイルが謙遜した様子で尋ねる。踏ん切りがつかない様子に、ドミニクは猛烈なじれったさを覚えた。眉を寄せて席を立つ。

「お前がいいから、言ったんだ」

「え？　あの……」

「ほら、さっさと行け」

文字通り背中をぐいぐいと押されて、アニュエラは戸惑いの声を上げる。

「ちょっとお兄様」

「私は今から休憩を取る。お前もゆっくり休め」

有無を言わさず、ふたりを追い出す。静かになった部屋の中で、ドミニクは机上の書類を整理する。

（まったく、似た者同士のふたりだな）

恋愛ごとになると、持ち前の聡明さがまるで役に立たない。
誰かが後押ししてやらなければ、永遠にあの調子だろう。
それでは困る。
兄として、妹には今度こそ幸せを掴んで欲しい。ドミニクは常々そう願っている。

第七章　彼女にふさわしい者

ミリアが王宮に戻ったのは、一か月後のことだった。

本当は戻りたくなかったが、父に「何も心配しなくていい」と言われて送り出されたのだ。

きっと自分をバカにした連中を処分してくれたのだろう。

王宮中の使用人が、ミリアを出迎える。

「お帰りなさいませ、ミリア様」

「……？」

ミリアは不思議そうに眉を顰めた。

「いかがなさいました？」

「あなたたち……誰ですの？」

見知らぬ顔ばかりが並んでいる。疑問に思っていると、侍女のひとりがにこやかに言った。

「以前の使用人たちでしたら、全員解雇されました」

「あら……そうでしたのね」

父に追い出されたのだろう。

もしかしたら自分は全員に嫌われていたのかもしれない。そう考えると無性に腹が立つが、どうせ二度と会うことはないのだ。彼らのことは忘れることにした。

「それより、サディアス様はどこにいらっしゃるの？　せっかく私が帰ってきてさしあげたのに、お出迎えもなしですの？」

ミリアは唇を尖らせて、不満を口にした。

「王太子殿下なら間もなくいらっしゃるかと……ああ、あちらでございます」

侍女が視線を向けた方向から、サディアスが歩いてくる。

心なしか前に会ったときよりも痩せて顔色も悪いが、その美貌は健在だ。

「お帰り、ミリア。君が帰ってくるのを待っていたよ」

「サディアス様っ！」

以前のように優しく声をかけられ、それだけでミリアの気持ちは舞い上がった。

（しばらく離れていて、私の大切さに気づいたのね。わかってくれたならいいのよ）

熱烈な抱擁《ほうよう》を受け、うっとりと目を細める。

このときミリアは気づいていなかった。自分を抱き締めるサディアスの顔が、ひどく強張っていたことに。

◇　◆　◇　◆

「くれぐれも、ミリア妃を大事になさってくださいね」

「……わかった」

ふたりの再会を物陰から窺っていた宰相の忠告に、サディアスは力なくうなずいた。

宰相と言っても、ノーフォース公爵が用意した新しい宰相だ。

サディアスがよく知る宰相だった男は、すでにこの世にいない。

公爵が王宮にやってきた日の夜、毒杯を呷って死んだ。

宰相の部屋には遺書が残されていたが、国王はそれに目を通すとすぐに燃やしてしまった。

そのため、何が書かれていたのかは国王以外誰も知らない。

サディアスが宰相の死を知ったのは、その数日後のことだった。それと同時に、後任を紹介された。

（いや、宰相だけではない）

文官や侍従、使用人たちも解雇されて、新しい者たちがやってきた。使用人にいたっては、総入れ替えだ。

ミリアは解雇されたと説明を受けたようだが、実際はノーフォース公爵家から退職金が支払われ、再就職先も用意されるという破格の待遇を受けている。

皆が笑顔で王宮から去っていった。

だが、例外もある。

一部の文官、侍従は罪人として捕らえられた。いずれも、汚職に手を染めていた者たちだ。サディアスの取り巻きたちも、その中に含まれている。

（なぜそんなバカなことを……）

多少の不正なら、サディアスも把握していたし目をつむっていた。

気心の知れた侍従たちと酒を飲んだ際に、酔いが回った彼らがそれらしいことをほのめかしていた。だが、そんなものは要職に就く者なら誰もがやっていることだ。

たかが汚職程度で人を辞めさせたら、そのうち人材不足に陥る。国家予算に影響が出るようであれば、民たちに違和感を持たれない程度に税を引き上げればいい。

ノーフォース公爵も、それくらいのことは理解しているはずなのだが……

（くそっ！　あの男、ミジュームを思うがままにするつもりか……！）

王家は公爵に嵌められたのだ。

契約書に署名さえすれば、ミリアが廃されることはない。娘がどこまでも愚鈍な人間であると理解した上で、王宮に留めさせたのだ。

王宮の人々は、ミリアの振る舞いに辟易《へきえき》しながらも世話をしていた。

しかしそれも、やがて限界が訪れる。

愚かなミリアになら何をしても許される。そんな軽率な考えが生まれ、実行してしまったのがサディアスだった。

（今にして思えば、あいつは公爵の息のかかった人間だったのかもしれない……）

サディアスは他国に書状を送る報酬として、侍従たちにミリアの装飾品を与えた。

だが、初めは褒美を渡すつもりなどなかった。そんなサディアスに、侍従のひとりが提案したのだ。

『殿下。人は誉れや忠義だけで動ける生き物ではございません。なんらかの見返りを必要とします』

『見返り……？　金でも渡せと言うのか』

『どのように解釈なさるかは、殿下にお任せいたします。ですが、そうですね……それでは、少々品がないかと思われます』

『なんだと？』

『私でしたら……装飾品にします。それも価値の高い女性用を』

『装飾品か……』

考えこむサディアスに、笑みを深くした侍従が続ける。

『見目がよく、そのまま伴侶《はんりょ》や婚約者への贈り物にしてもよし、換金してもよしですからね』

『しかし、どうやって用意しろと言うのだ？』

ミリアへのプレゼントという名目で購入しても、ミリアが身につけていなかったら怪しまれるだろう。

それにこのときのサディアスは、謹慎中の身だった。自由に街を歩くことはおろか、王宮を出ることすら許されなかった。

『まさかお前が調達してきてくれるのか？』

『殿下のお力になりたいのはやまやまですが、私も立てこんでおりまして』

『それは私に対する嫌みのつもりか』

『……ご気分を害されたのなら失礼しました。それよりも、もっと確実な方法がございます』

侍従はサディアスに顔を近づけながら声を潜めた。

『ミリア様にお願いすればいいのですよ』

『ミリアに……？』

『事情をお話しして、何点か譲っていただくのです。ミリア様がお持ちの装飾品は、どれも一級品でございますからね。報酬としては申し分ないかと』

『いや……書状を送る程度で、それはやりすぎじゃないのか？』

装飾品と言っても、庶民がギリギリ買えるような安価なものを想定していたサディアスは、侍従に懐疑的な眼差しを向ける。

だが彼は『だからこそです』と、自らの考えを述べた。

『気前のよい主《あるじ》だと、より殿下に忠誠を誓うようになるでしょう。どんな命令にも従う優秀な駒を手に入れることができるのなら、安いものではありませんか。いえ、元はミリア様の物ですから、実質タダでございます』

『なるほど……』

その甘い言葉に、サディアスの心がぐらつく。

『これはあくまでひとつの考えです。どうかじっくりご検討ください』

侍従はにっこりと微笑み『では失礼します』と部屋をあとにした。

このとき、サディアスの中では検討の段階を終えていた。

優秀な駒。タダ。

それらの甘い言葉が、若き王太子から判断力を奪った。

そして、現在に至る。

サディアスをそそのかした男は、いつの間にか姿を消していた。

辞職したのか、逮捕されたのか。それすらもわからない。

彼が公爵の配下だとは思いたくなかった。数年来の友人だった。誠実な男で頭の切れる男だった。

自分が即位した暁《あかつき》には、宰相に据えてやろうとも考えていた。

だからこそ、サディアスは彼の言葉を信用しきってしまったのだ。

（ひょっとすると、初めから私を陥れるつもりで……いや、そんなはずはない！）

しかし、どうしても疑念が拭い切れずにいる。

本来であれば、サディアスは罪人として拘束されていてもおかしくない。

だが、ノーフォース公爵の温情で見逃された。

その交換条件として、公爵は『大掃除』と称して王宮の人間を入れ替えた。

そのことに不満を持つ者はごく一部のみだ。

今の王宮は、実質ノーフォース公爵家に乗っ取られたようなものだ。

政務もノーフォース派の人間が中心となって、執り行っている。

異例とも言える大規模な人事異動は、国内外に公表された。

庶民や貴族から非難の声は上がっていない。敵対勢力のルマンズ派の貴族にいたっては、この状況を望んでいたようだった。

(どうせすぐに問題を起こして、民の不興を買うだろう。そのときがヤツらを王宮から追い出す絶好の機会だ)

サディアスは『そのとき』を待ち続けた。

だがノーフォース派の手腕は、たしかなものだった。

地方で燻っていた反乱の火種を穏当な形で取り除き、貧困層の支援や教育にも力を入れている。

各領ごとに図書館を建設する話も出ている。

さらに国内の農産物や工業品を大々的に宣伝し、周辺諸国の注目を集めていた。

これに関しては、なんとルマンズ侯爵家も関わっているらしい。

そのおかげか、王家がクレイラー商会と過去に結んだ契約の内容も改善された。

(どういうことだ？　あいつらは敵対していたんじゃないのか？)

ノーフォース公爵家とルマンズ侯爵家が潰し合い、共倒れする。それがサディアスが思い描いていた理想の展開だった。

そうなれば、後ろ盾を失ったアニュエラも自分を頼ってくるはずと思っていたのだ。

だが、アニュエラは輝かしい日々を送っている。

国交を断絶したミジューム王国とレディーナ王国の仲立ちをしようとしているらしい。

他人事のような言い方なのは、今のサディアスは公務を禁じられているからだ。

謹慎は解かれたものの、「何もするな」と言わんばかりに仕事が回ってこない。

「私は王太子だぞ！　この国の政治に関わる義務がある！」

そう主張するサディアスに、文官は落ち着いた口調で言う。

「我々ではなく陛下におっしゃってください」

そんなこと、できたら苦労はしない。

最近の国王は、サディアスの顔を見ると憎らしげに顔を歪《ゆが》めるのだ。お前のせいでこうなったのだ、と言いたげに。

自分はノーフォース公爵家の謀略に嵌められたのだと主張しても、まともに取り合ってくれない。

廊下を歩いていると、どこからか悲鳴が聞こえてくる。

あれは……母のものだ。

サディアスは足を止め、ぼんやりと聞いていた。王妃とはこのところ、顔を合わせていない。

向こうがサディアスと会うことを拒絶しているのだ。

部屋に近づかせるなと見張りに言いつけているらしい。およそ実の子に対する仕打ちとは思えない。

「……？」

だが、悲鳴は王妃の部屋とは真逆の方向から聞こえる。

その先にあるのは……国王の私室だ。

声に導かれるように、サディアスは久しぶりに父の部屋へ近づいた。

両者とも激昂《げきこう》しているのか、廊下にまで怒鳴り声が響いている。

「元はと言えば、お前があんなことをしなければ……！　お前がいなければ‼」

「私だけのせいではありませんわ！　私だって被害者ですのよ！」

激しい舌戦を繰り広げるふたりを、従者たちが必死になだめている。

やがて口論は止み、重苦しい静寂が訪れた。

醜《みにく》い夫婦喧嘩だと、サディアスは顔を歪《ゆが》める。

喚いても騒いでも、何も解決しないというのに。

第八章　ノーフォース公爵家

「ねえ、サディアス様。子どもはどんな名前がいいかしら？」

「まだ妊娠もしていないのに、気が早いのではないか？　ましてや性別なんて……」

「男の子ですわよ！　そう思いますわ！」

「そうか……」

ミリアは未来の我が子の話をする。

サディアスは耳を塞ぎたい衝動に駆られたが、ぐっとこらえていた。なんとか作り笑いを浮かべるが、その口角は引きつっていた。

ミリアがそのことに気づいていないのは幸いだった。

夢心地で未来に想いを馳せている。

「うふふ。サディアス様の子が産まれたら、国を挙げての祝賀会ですわね」

「ああ……楽しみだな。とても……」

サディアスが覇気《はき》のない表情で、話を合わせる。

「産まれた暁《あかつき》には、誕生祝いとして私もアクセサリーとドレスを新調しなくっちゃ。サディアス様も、一緒に選んでくださるわよねぇ？」

「し、新調？　いや、その必要はないのでは……」

「何をおっしゃってますの？　私は国母《こくぼ》となりますのよ？　美しく着飾らないと、平民たちに示しがつきませんわ！」

当然のことのようにミリアは言う。

国母《こくぼ》。王家。

現在、それらにどれだけの価値があるだろうか。

真綿で首を絞められるような日々を送るうちに、サディアスは少しずつ自分たちの置かれている状況を理解できるようになっていた。

政権をノーフォース公爵家に奪われたあとも、ミジューム王国は問題なく機能している。

いや、以前に比べて豊かになりつつある。

王家など、今やお飾りにすぎない。

かつてアニュエラを蔑むのに使った言葉が、そのまま自分に返ってきていた。

このころになると、国王は開き直って、政務を宰相や大臣たちに丸投げするようになっていた。

口出しする者がいないので、宰相たちも問題なく新たな政策を打ち出すことができる。

自分とよく似て自尊心の高い父がなぜ。サディアスは国王の変化に疑問を抱いたが、謎はすぐに解けた。

宰相や大臣たちが打ち立てた政策の多くは、国王が立案したものと世間には公表されている。

政治に携わらなくても、民衆の支持が得られるなら、それでかまわない。そんなところだろう。

貴族だけでなく、庶民ですら真実を察しているというのに。

国王が偽りの王座に座り続けている間、サディアスは大役を務めていた。

世継ぎを作ることだ。

ミリアに愛情など残っていなくても、その可憐な容姿で迫られたら、男としての本能に抗うことはできない。

過度のストレスで体が反応しないときは、催淫剤《さいいんざい》を服用させられ、強制的に同衾《どうきん》した。

王家の血を絶やしてはならない。それは理解しているが、まるで種馬にでもなったような気分だった。

悪夢だ。

だが、それ以上の悪夢がある日突然訪れた。


「貴様ら、一体何を考えているのだ⁉　私は何も聞いていないぞ‼」

国王が宰相たちに激昂《げきこう》している。

「落ち着いてください、父上。何があったのですか？」

騒ぎを聞きつけてやってきたサディアスが尋ねると、国王は怒りで顔を真っ赤にしながら叫んだ。

「こやつら……我が国の一部を他国に売りおった！」

「は……い？」

「ルマンズ侯爵領及びルマンズ派の領地を、レディーナ王国へ割譲《かつじょう》しようとしているのだ……！」

その言葉で、サディアスの脳裏にはかつての妃の姿が浮かんだ。

「我々とて苦渋の決断でございました。どうかご理解ください」

その言葉とは裏腹に、宰相の顔からは後悔の念など微塵《みじん》も感じられない。

むしろ「どうしてそんなことを聞くんだ？」と目が問いかけていた。

（ルマンズ侯爵領が……割譲《かつじょう》される……？）

絶句する国王の傍で、サディアスはぼんやりと考える。

もはやアニュエラは妻でなくなったばかりか、この国の人間ですらなくなる。

ノーフォース公爵家とルマンズ侯爵家の尽力により、レディーナ王国との関係は回復しつつある。

だが、ミリアを含めた王家の人間の入国はいまだに禁じられていた。

謝罪の書状を送ることさえ許されていない。

もしかしたら、二度と会えなくなるかもしれない。

そう思い至った瞬間、サディアスは拳を握り締めていた。

「こ、この売国奴《ばいこくど》が……！」

涼しげな顔をしている宰相に力任せに殴りかかろうとする。

「殿下、ご無礼をお許しください！」

これにはさすがに驚いたのか、傍にいた文官たちが慌ててサディアスを後ろから押さえつける。

「放せ！　貴様らは自国の領土を他国に奪われて、なんとも思わないのか⁉」

「……あなた様がそれをおっしゃるのですか？」

宰相が眉をひそめ、不快感を露わにした表情をする。

「な、なんだと？　私が何をしたというのだ……」

「いえ、すべてがあなた様のせいというわけではありませんが、一因ではあります」

「もったいぶらず、はっきりと言え！」

「ソフィー王女の件をお忘れですか、殿下？」

その問いかけに、サディアスの頭が真っ白になる。

「今回の領地割譲《かつじょう》は、最大限のお詫びの印という意味合いも含まれております。公爵閣下もあの件には、頭を痛めておりました」

「だ、だが、アニュエラが帰国したということは、ソフィー王女はもう回復したのだろう……？」

「だからといって、ミリア妃の罪が消えたわけではありません」

「ミリアは公務が禁じられ、私たちも入国を禁じられた！　罰はもう十分受けているではないか！」

「それはあくまで、多額の慰謝料を請求しない条件として提示されたものです。国交の正常化のためには、それ相応の見返りが必要です」

サディアスが何を言おうと、宰相は平坦な声で切り返す。

忘却の彼方に追いやっていた罪の意識が、さざ波のように押し寄せてくる。

「しかし……しかし……ルマンズ侯爵領だけではなく、ルマンズ派の領地というのは広すぎないか？　そんなことをしたら国力の低下に繋がるだろう。民が黙っていないぞ……？」

「ご心配には及びません。こちら側に残る民たちは、それでレディーナ王国が友好国に戻るのならと納得しています。ルマンズ派の領民たちも、豊かに暮らせるのであれば、どの国に属そうがかまわないと口を揃えて言っております」

「なっ……!?」

彼らには愛国心がないのだろうか。

呆然としていると、宰相が言い聞かせるように言葉を続ける。

「国の広さは、必ずしも国力に直結するわけではございません。ミジューム王国よりも小さな国でも、豊かな国は存在します」

「それはそうかもしれないが……」

「この数十年間、ミジューム王国は停滞しておりました。上に立つ者たちの怠慢《たいまん》により、国の成長が妨げられていたのです」

そこで初めて宰相は語気を強めた。「お前たちは何をやっていたんだ」という怒りが声から伝わってくる。

遠回しに無能と批判された国王は、視線をさまよわせながらひと言。

「わ、私はなんとかしようとしたのだ。だが、前宰相が現状維持にこだわっていたせいで……」

その言葉が真実なのか、苦し紛れの嘘なのか、もうサディアスにはどちらでもよかった。

(アニュエラ……)

宰相には何を言っても無駄だ。

だが本人なら。聡明な彼女のことだ、割譲《かつじょう》を阻止する手立てを考えてくれるかもしれない。

ルマンズ侯爵領がレディーナのものになるには、まだ時間がある。

サディアスは、アニュエラ宛てにひたすら手紙を送り続けた。

本当は直接会いに行きたかったが、侍従たちに止められた。

『ルマンズ侯爵家は現在、レディーナ王国への編入の準備に追われております。アニュエラ様に登城していただくわけにはまいりません』

『こちらから出向く？　なりません。ルマンズ侯爵令嬢を廃されたのは、殿下でございます。ご自分から会いに行くなど、未練があると捉えられても仕方のない行為です。王太子として示しがつきません』

『殿下にはミリア妃がおいでなのです。誤解を招くような行動は慎んでいただきます』

どれも正論だった。

ルマンズ侯爵家に暇などない。サディアスが今こうしている間も編入に向けて奔走しているだろう。

軽はずみな気持ちで廃妃という言葉を口にしたサディアスにアニュエラに会いに行く資格などない。それにミリアがこのことを知ったら、被害者ぶって喚き散らすだろう。

だが、今ならアニュエラと素直に向き合える気がした。

誠意をもって接すれば、何かが変わるかもしれない。そう信じずにはいられなかった。

十通ほど出したころだろうか。アニュエラから直筆の返信が届いた。

『三日後、そちらに参ります。お話をしましょう』

用件だけを記した簡潔な手紙だったが、一歩前進だとサディアスは頬を緩めた。

アニュエラからこちらにやってくるのだ。

それなら侍従たちも文句を言うまい。


そして当日を迎えた。

サディアスは、アニュエラの到着を今か今かと待ちわびていた。

元妻はサディアスの部屋を指定してきた。うれしい誤算だ。

(アニュエラも私とふたりきりになりたいのかもしれない)

何度も時計の時刻を確認していると、扉をノックする音が聞こえた。途端、心臓が大きく跳ね上がる。

「入ってくれ」

平静を装いながら呼びかけると、扉がゆっくりと開いた。

待ち切れず椅子から立ち上がり、アニュエラへ駆け寄ろうとする。

だが次の瞬間、サディアスの顔は凍りついた。

「お久しぶりですね、王太子殿下」

扉の向こうから現れたのは、以前アニュエラの傍らに控えていた男だった。

「私はイスワール伯爵シェイルと申します。本日はアニュエラ様の代理で参りました」

男はにこやかに挨拶をした。しかし聞きたいのは、名前ではない。

「な、なぜ……貴様がいるのだ。アニュエラはどうした？」

「あの方は執務に追われております。あなたもご存じのはずではありませんか？　それにアニュエラ様ご自身が訪れるとは、ひと言も書いてなかったと思います」

「だが……普通は彼女が来ると思うだろう。これでは詐欺のようなものだ……！」

怒りと失望の中、恨み言を口にすると、シェイルの顔から笑みが消えた。

「あなたよりはまだマシですよ」

「は？」

「……『君に会えないなら私は死ぬしかない』。手紙の最後に毎回このような文言を入れるなど、何を考えていらっしゃるのですか」

棘《とげ》のある物言いで問いただされ、サディアスの顔が羞恥《しゅうち》で赤く染まった。

「アニュエラに宛てた手紙を読んだのか？」

「はい。手紙の件でアニュエラ様からご相談を受けましたので」

つまり彼女への愛の言葉は、すべて筒抜けだったと……

プライドをズタズタに引き裂かれ、顔どころか耳や首まで熱くなる。

「本日はお願いがあって参りました。彼女はもうあなたの正妃でも側妃でもありません。……アニュエラ様のことは、もうお忘れになってください。アニュエラ様もそれを望んでいます」

咄嗟に何も言い返せなかった。

サディアス自身、心のどこかでそのことを理解していたからだ。

だからこそ、会えないなら死ぬ、となかば脅しのような手紙を送りつけた。

そうすれば、アニュエラは登城せざるを得ないと考えたのだ。

我ながら卑怯なやり方だった。

「……私はどんなことをしても、アニュエラを取り戻したいのだ。その気持ちに嘘はない」

「それはミリア様を正妃にし、すべてが破綻したからではありませんか？」

「ああ、そうだ。だがそのおかげで、彼女がどれだけ優秀で素晴らしい女性だったのか、ようやく気づくことができた。今ならアニュエラを真摯に愛せる。愛してみせる」

「……今なら？」

その言葉は、シェイルの不興を買ったらしい。剣呑《けんのん》な眼差しがサディアスを射貫いた。

「おかしいでしょう。なぜもっと早くアニュエラ様を愛して差し上げなかったのです」

「私も悪かったと思っている。だからその謝罪も含めて、彼女に……」

「悪かったと認めれば、何をなさっても許されるとお思いですか？」

「っ、貴様に何がわかる!?　私は多くのものを失ったのだ！　だったらひとつくらい取り戻そうとしても、バチは当たらないだろう!?」

激情に駆られて叫ぶと、シェイルは駄々を捏ねる子どもを見るような目で言った。

「……当たらないかもしれませんが、あなたの願いが叶うことはありません」

「なぜそう言い切れる!?　アニュエラ本人に聞いたのか!?」

「ルマンズ侯爵領がレディーナ王国に編入し次第、私とアニュエラ様は婚姻を結ぶ予定となってお

ります」

「……こんいん？」

サディアスは耳を疑った。

「たとえ殿下であっても、私の妻となる人を害するなら容赦《ようしゃ》はいたしません」

感情のこもっていない、平坦な声だ。けれどそれは、見えない刃となってサディアスの左胸に深く突き刺さった。

暑くもないのに、全身からぶわっと汗が噴き出す。

「では失礼いたします、殿下。どうか、お元気で」

最後に一礼すると、シェイルは部屋を出ていった。

（アニュエラが……私以外の男と……？）

その事実が胸を深く抉る。思考が纏まらない。

「くそぉぉぉぉっ!!」

行き場のない感情を吐き出すように、サディアスは咆哮を上げた。

◇　◆　◇　◆

一年後。

ルマンズ侯爵領を含む一部の領土が、レディーナ王国へ編入した。

多くのレディーナ人は、旧ミジューム人を快く迎え入れた。

和平と引き換えに他国へ売られたくせに、と陰口を叩く者はごく一部だ。

領土が割譲されたことによる影響は少ない。隣国に編入するにあたり、領民たちはレディーナ語を習得していたのだ。

ミジューム王国でも、民たちは以前とさして変わらない日常を過ごしている。

しかし、王家では深刻な問題が発生していた。

ミリアが一向に子を宿さないのだ。

そのことが大きなストレスになっているのか、癇癪《かんしゃく》を起こす頻度が増えた。

「子どもが産まれないのは、サディアス様が何か病気をお持ちだからよ！」

髪を振り乱して、根拠のない言いがかりをつけてくる。

これでは慰める気にもならない。サディアスはミリアと会う回数を減らしていた。


そんなとき、ノーフォース公爵が王宮を訪れた。傷心の娘を慰めに来たようだ。

「殿下、娘とふたりきりで話をさせていただきたい。よろしいでしょうか？」

「あ、ああ……」

自室に引きこもっている国王に代わり、サディアスが応対した。

「ありがとうございます」

公爵は一礼すると、ミリアの部屋へ行く。

そして三十分もしないうちに、「それでは失礼しました」と満足そうな表情で帰っていった。

(……やけに早かったな？)

サディアスは首をかしげた。

だが、お花畑のミリアのことだ。

短いやり取りで、立ち直ることができたのだろう。

これでミリアのヒステリーに悩まされることもなくなる。

そう楽観視していたサディアスだが、この日を境にミリアの精神は以前にも増して不安定になった。

「わ、私は正妃よ！　王家に必要な人間なの！」

「サディアス様は私を捨てませんわよね？　ねえ、そう言ってよ!!」

「ごめんなさい、ごめんなさい、ごめんなさい、ごめんなさい……」

「私は何も悪くないわ！　お母様の真似をしていただけですもの！　お願い、許してお父様！」

周囲の人間に当たり散らすだけではなく、壁に向かってぶつぶつとつぶやくことが増えた。

そして夜になると、まるで獣のように夫を求める。

血走った目で自分に覆い被さる妻の姿に、サディアスは恐怖した。

ミリアはまるで何かに取り憑かれたように、サディアスとの子を宿そうとしていたが、状況は芳《かんば》しくなかった。

「ミリア、そんなに焦らなくていい。少しゆっくり休もう」

「駄目よっ！　子どもを産まないと、私王宮から追い出されちゃうもの！」

「それはまあ、そうだが……」

たしかに今のミリアには世継ぎを産むことが求められている。

うっかり本音を零《こぼ》してしまったサディアスに、ミリアはわなわなと体を震わせる。

「ひどいわ、サディアス様！　どうして『そんなことない』って言ってくださらないの？」

「だが、本当のことではないか」

その言葉に、ミリアの顔が怒りで歪《ゆが》む。

「あの人たちのこと、知ってるんでしょ？　だから私に冷た……」

その言葉は最後まで続かなかった。真っ青になって黙りこむミリアに、サディアスの胸がにわかにざわつく。

いつもの妄言には聞こえなかった。

「ミリア……」

「ち、違う。私、何も言ってない」

「あの人たちとは誰だ！」

「知らない！」

「嘘をつくな！　早く言え!!」

いら立ちに任せて鋭い声で問いつめる。

だが、ミリアは「知らない」と言い張るばかりで、一向に口を割ろうとしない。

サディアスは本人から聞き出すことを諦め、侍従たちにこの件を相談した。

彼らは直ちに調査を始めた。

ミリアの身辺を徹底的に調べ上げていく。

それは婚姻前にまで遡《さかのぼ》った。

その結果、男娼専門の高級娼館の常連であることが明らかになった。

相手はひとりだけではない。

その店の男娼のほぼ全員が、ミリアに買われたと証言している。

しかも正妃になったあとも、密かに王宮から抜け出し、足繁く通っていたという。

報告を受けたサディアスは、吐き気と震えが止まらなかった。

（だ、男娼？　どうしてミリアが？）

口元を手で押さえて荒い呼吸を繰り返すサディアスに、侍従のひとりが「大丈夫ですか？」と声をかける。

大丈夫なわけがない。

ミリアに裏切られたことのショックも大きいが、先ほどからある可能性が脳裏をちらついていた。

妻が身籠もった場合、その子は本当に自分の子どもと言い切れるのか。

おそらくそれは、誰にも、ミリア自身にもわからない。

（そうだ……父上……父上に報告しなければ……）

サディアスは震える足で、国王の部屋へ向かった。

「何をしに来た？　早く出ていけ」

久しぶりに顔を合わせたというのに、国王の態度は冷たい。サディアスを横目でじろりと睨む。

「お、お待ちください、父上。今すぐお伝えしたいことがございます！」

サディアスはそう言って、調査の結果を報告する。

すべてを語り終えるころには、国王の顔はひどく強張っていた。

「まさか……」

「父上？」

「……ノーフォース公を呼び出せ。ヤツに聞かなければならないことがある」

国王は部屋の前に控えていた侍従に命じた。


「お久しぶりでございます、陛下。こうしてお会いするのは何年ぶりでしょうか」

登城したノーフォース公爵は、柔和な笑みを浮かべていた。

娘の娼館通いが発覚したのだ。にもかかわらず、取り乱す様子がまったくない。

得体の知れない何かを感じて、サディアスは息を呑む。

それは国王も同じなのか、探るような目つきで公爵を見つめている。

「このたびは娘のとんでもない愚行が露わになり、大変申し訳なく思っております」

ノーフォース公爵は弁解することなく、その場で片膝を折った。

この所作も、どこか演技じみているように見えるのは気のせいだろうか。

「現在、娘はどうしておりますか？」

「……そのようなこと、聞かずとも知っているのではないか？」

サディアスは皮肉げな口調で返す。

現在、ミリアは王宮の北側に位置する地下牢で拘束されている。

罪人となった王族を収容するための場所だ。

王太子妃による姦通罪《かんつうざい》。

前代未聞の重罪である。

サディアスの顔を見たいと喚いているそうだが、応じるつもりはない。

ミリアの顔を思い浮かべるだけで、嫌悪感で鳥肌が立つ。

「ノーフォース公、そなたはこの事実を知っていたのではないか？」

「いいえ。王宮から知らせを受けて、初めて知りました」

国王の問いに、ノーフォース公爵が表情を変えずに答える。サディアスは腹の底がかっと熱くなって、話に割って入った。

「とぼけるな！　だったらなぜ、そのように落ち着き払っていられるのだ！」

「あの娘は、妻とよく似ていますから。さして驚きませんでした。ところで、ひとつお聞きしてもよろしいでしょうか？」

「なんだ!?」

鼻息の荒いサディアスに対して、ノーフォース公爵はどこか楽しそうだった。

「ミリアは王太子妃になった際、娼館通いをやめているはずです。そして、近ごろになって再開した。違いますか？」

「あ、ああ。その通りだ。調査報告書にも、そのように書かれていた。時期的に、以前貴様がミリアに会いに来たころと……」

「娘の名誉のために申し上げておくと、おそらくその原因は殿下、あなたでございます。私の妻と同じ方法で、子どもを授かろうとしたのでしょうね」

「同じ方法？」

言葉の意図がわからず、サディアスは訝《いぶか》しむ。そんな中、国王が苦い表情でぼそりとつぶやいた。

「やはりそういうことか……」

「父上？」

サディアスが声をかけると、国王は間を置いて言葉を発した。

「……ミリアはなかなか子を宿さなかった」

「は、はい。ですが、それは私たちにはどうすることもできませんでした」

「その通りだ。だから、ほかの男と関係を持ち、子を宿そうとしたのだろう」

「……冗談はおやめください。それではまるで、私との間には子を成せないと言っているようなものではありませんか」

そう言って笑い飛ばす。

だが国王は何も言い返そうとしない。気まずそうに視線を逸らすだけだ。

途端、サディアスの表情が凍りつく。

「どういうことですか、父上!?」

平静でいられるはずがない。衝動的に国王の胸倉を掴んでいた。

「……説明せずともわかるだろう」

「わかるわけがない！」

声を張り上げて叫ぶ。

突然突きつけられた真実を受け入れるには、覚悟も時間もあまりに足りない。

「私は検査をして、何も異常がなかった！　それは父上だって知っているだろう!?」

だから、自分たちの間に子どもができないのは、ミリアに原因があるのではないか。サディアスはそのように考えていた。

「お前には嘘の検査結果を渡すように指示した。要らぬ心配をかけさせまいと思ったのだ。我が国の内分泌検査の精度は決して高くはない。かって誤りだったと明らかになった事例もある。それに賭けることにしたのだ」

息子を案じる父親の言葉であり、現実から目を逸らした愚か者の戯《ざ》れ言《ごと》でもあった。

そして賭けに負けたのだ。

サディアスは国王から手を離すと、頭を抱えてその場に崩れ落ちた。そして声にならない叫びを上げる。

それを掻き消すように、ノーフォース公爵が軽快に笑った。

「災難でございましたね、陛下」

「だ、黙れ！　貴様は黙っていろ！」

「王太子が世継ぎを残せない体だと広まれば、王家の権威はたちまち失墜《しっつい》する。尊き血が流れている、という理由だけで王家を支持する民も多いですからな」

「ああそうだ！　私の息子が種なしと笑い者にされるなど、あってはならない！」

種なし。その言葉がサディアスの心を深く抉る。

「賢明な判断ですね。ですが残念ながら、うちの娘は真実に辿り着いたようです。同じようなケースをごく身近で見ていましたからね」

「……ごく身近で？」

その言葉に、サディアスはゆっくりと顔を上げる。

「ああ、殿下はご存じありませんでしたか。ミリアは私の実の娘ではないということです」

「は？」

「私も殿下と同じ体質だったのです」

ノーフォース公爵は一瞬だけ笑みを消した。そしてすぐに何事もなかったかのように口角を吊り上げる。

「発覚したのは、結婚して二年後のことでした。医者から治療を続ければ治る見込みがあると説明され、妻も私を支えると約束してくれました」

「それならば、なぜ……」

サディアスが問おうとすると、ノーフォース公爵の目が国王へ向かった。

「なぜ？　それはあなたの父君がよくご存じのはずです」

途端、国王の肩が跳ねる。目の焦点が定まっていない。

(このような父上を見るのは初めてだ……)

サディアスは言いようのない不安を覚える。

「陛下には感謝しております。おかげで妻は見事子を宿し、可愛い娘が産まれました」

感謝の言葉を述べるが、その目は笑っていない。

復讐鬼の目だ。

「ち、父上……？」

息子の呼びかけにも応えず、国王は硬く口を閉ざしている。

不穏な話の流れに、サディアスは両者の顔を交互に見る。最悪の想像が頭の中を駆け巡る。

「まさか、ミリアの父親は……っ」

自分たちは血が繋がっているのではないか？

恐ろしい仮説が、サディアスの体を震わせる。

「ご安心ください、殿下。陛下とミリアとの間に、血縁関係はございません」

「ほ、本当か!?」

サディアスが縋るような声でつめ寄ると、ノーフォース公爵は緩やかに微笑んだ。

「妻と関係を持ったのは、陛下の侍従でございます」

公爵はそこで一拍置き、ある男の名前を口にする。

サディアスには聞き覚えがあった。

優秀な男で国王の信頼が篤く、周囲からも一目置かれる存在だったという。

「なぜ、その男とノーフォース公爵夫人が……」

「妻に相談を受けた陛下が、ふたりを引き合わせたのです」

ノーフォース公爵は笑顔のまま、サディアスの問いに答える。

「見目のいい男でしたからね。結婚前、密かに男漁りをしていた妻が溺れるのも無理はありませんでした。私が彼らの関係を知ったのは、妻がミリアを出産してしばらく経ったころ。男が良心の呵《か》責《しゃく》に耐えきれなくなり、自ら命を絶った直後でした」

「ま、待て。その者は病のために職を辞して、田舎に帰ったと聞いている。自死したなど初耳だぞ」

「陛下が隠蔽《いんぺい》したのです。家族には口止め料として、多額の金品が下賜されました。ですが彼は死の間際、手紙を私に送っていたのです。それは私への謝罪から始まり、陛下の命令で、私の妻と不義を働いたとつづられていました」

「ヤツめ、余計なことを……！」

「私もそう思います。あんなものを読まなければ、何も知らず幸せな日々を送っていたでしょう。治療がうまくいき、可愛い娘が生まれたと——」

険しい顔つきで歯噛みする国王に、ノーフォース公爵は同調するようにうなずいた。

（なんだ？　私は夢でも見ているのか……？）

にわかには信じがたい事実が、次々と明らかになっていく。サディアスは激しい動悸を抑えながら、ふと浮かんだ疑問を口にする。

「なぜ父上はそのような愚行を……」

「ああ、殿下はご存じなかったようですね」

ノーフォース公爵が嫌みを含んだ笑みを向ける。

「お前には知る権利がある」と言われているような気分になり、サディアスは無意識に姿勢を正した。

「陛下は若いころ、妻と関係を持っていたそうです。そのこともその手紙に記されていました」

「父上、本当なのですか!?」

サディアスがつめ寄っても、国王は何も答えない。

生気を失ったように力なくうなだれている。

一国の王とは思えない姿を見ていられず、サディアスは思わず視線を逸らした。

「妻は表向きは献身的な女性を演じていましたが、影では不満を持っていたようです。そして陛下も、王政に度々口出しする私をうとましく思っていた……そこで嫌がらせを兼ねて、ふたりは思いついたのでしょう。何も知らない男に、血の繋がらない子どもを育てさせることを」

ノーフォース公爵は当時を振り返るような、静かな口調で言った。

彼がどれほどの苦しみと屈辱を味わったのか。

その仄暗い声と表情が物語っている。

これにはサディアスも同情心が湧いた。

しかし、ここで新たな疑問が浮上する。

「だが貴様は妻を許して、ミリアにも愛情が芽生えていたのだろう？」

「はい？」

お前は何を聞いているんだ？　とでも言いたげに、ノーフォース公爵は首をかしげた。

サディアスはお構いなしに、自らの考えを述べる。

「この事実を公表しなかったのは、そういうことではないのか？　たとえ血が繋がっていなくとも、自分の娘なのだと愛情を注いで……」

「でしたら殿下。逆にお伺いしますが、もしミリアが無事出産したあと、父親が殿下以外の誰かだと判明したら、そのことを公《おおやけ》になさいますか？」

「バカなことを言うな！　できるわけがないだろう！」

即答してから、サディアスははたと気づいた。

「それと同じですよ。貴族にとって、醜聞《しゅうぶん》は一番の敵ですから」

自嘲するノーフォース公爵に、サディアスは何も言い返せなかった。

怒りより当主としての体裁を守る道を選んだのだろう。

だが国王と妻に対する憎悪は、決して消えることがなかった。

「真実を問いつめても、妻は『自分は悪くない』と開き直り、『子どもを産んでやったのだから感謝しろ』と言い放ちました。素直に事実を認めて謝罪したのなら、許すつもりでいました。すべての原因は私にあるのですから。妻には苦労をかけた自覚もあります。ですが彼女は、私が強く出られないのをいいことに、好き勝手に振る舞うようになりました。娼館に通うだけでなく、男爵家の子息に手を出したこともあったそうです。そして、ミリアもそういう気質を見事に受け継いだようですな」

まるで他人事のようだ。

いや、実際彼にしてみれば、ミリアは赤の他人でしかない。

「王家に援助金を出したことも、ミリアを差し出したこともすべて復讐のためか……」

しばらく押し黙っていた国王が、重い口を開く。

「もちろん。あのときの水害で支援をしたのは、被害が王都と高位貴族が治める領地だけだったにもかかわらず、なぜか国庫が底をつきかけていたからです。恩を売る好機と考えました」

「では、サディアスの体質は、どうやって知った？」

「殿下の検査に携わった医師は、私の古くからの友人でした。彼には妻のことを含めて、すべて打ち明けておりました。そして、彼から話を聞いたとき、今回の計画を思いついたのです」

国王の問いに、ノーフォース公爵は淀《よど》みなく答える。

「しょ、正気か……？」

サディアスは困惑の声を上げた。

「個人的な復讐で王家に、国内外に混乱を招くなど何を考えているのだ！」

「ソフィー王女の件は、さすがの私も想定外でした。ですから、そのケジメとして行ったのが領土の割譲《かつじょう》です」

「しかし、やりすぎだ！　今のところうまくいっているようだが、いつ問題が起こってもおかしくないのだぞ！」

「おや、殿下。まるでそうなることを望んでいるかのような口振りですな」

「……っ！」

心の奥を見透かされ、サディアスは何も言い返せなかった。唇を噛みしめて睨みつけることしかできない。

「そのことは、ルマンズ侯爵も当然念頭に置いています。それを防ぐために今現在も慎重に立ち回っているようですし、いざというときは私も助力することを約束しております」

「ありえない……貴様はルマンズ侯爵と敵対していたのではなかったのか？」

「ですが、利害関係が一致したのなら、協力することもありましょう。編入への支援を条件に、クレイラー商会との契約の更改に口添えしてもらいました。庶民の間では、どちらが王家を潰すのかと騒がれていたようですが」

「王家を潰す!?」

聞き捨てならない言葉に、サディアスがぎょっと目を見開く。

「国内全土で発生した水害で、王家は多くの民を見捨てました。物資が足りないという地方の領主たちの声も握り潰して。ルマンズ侯爵を中心とした一部の貴族たちが手を差し伸べなければ、被害はさらに大きくなっていたでしょう。……そのようなことがあったのです。領民たちが王家に不信感を抱き、新たな君主を望むのは当然ではありませんか」

「に、握り潰したわけではない。ただ優先順位を考えて……」

「そんな言い訳で民が納得するとお思いですか？」

ノーフォース公爵は呆れたように言ってから、サディアスに目を向ける。

「自らの保身しか考えない王家など、必要ないでしょう。ですから王家と密接な関係を持ち、最終的に国を奪うことを計画したのです。成功すれば王家に復讐ができて、民たちも救われる。殿下、あなたが娘の装飾品を盗んでくださったおかげで、うまくことが運びました」

「貴様がしていることは国家転覆罪だぞ！」

綺麗ごとばかりを並べているが、所詮は自分の罪を正当化しているだけだ。

サディアスが声を張り上げて叫ぶと、ノーフォース公爵の顔から笑みが消えた。

「領民たちは、自分たちが平和に暮らせるなら誰が君主であろうとかまわないのです。現に彼らの多くは、現状に満足しています。『前より暮らしやすくなった』『この国に王家など要らない』という声が多々上がっているのですよ」

「だが貴様の計画のせいで、振り回された者も多い。ミリアの教育係たちがいい例だ！」

「ええ。彼らには事情を説明して、慰謝料を支払っています。あなた方から退職金を支給されなかったそうで、感謝されました。……少し話が長くなってしまいましたね。それでは、そろそろおいとまさせていただきます」

「ま、待て。まだ聞きたいことがある」

おもむろに退室しようとするノーフォース公爵を、サディアスは引き留めた。

「なんでしょうか？」

「……万が一、ミリアが男娼との間に子を成していたら、どうするつもりだったのだ？」

その可能性を考えていなかったとは思えない。

王家の血を一滴も引いていない子すら、利用するつもりだったのだろうか。

サディアスの問いかけに、ノーフォース公爵はくつくつと喉を鳴らして笑った。

「当初は、それを狙っていたのですがね。殿下との間には子が宿せないことを公表し、姦通罪《かんつうざい》で絞首刑か終身刑とするつもりでした」

「血が繋がっていないとはいえ、自分の娘だぞ⁉　そのようなことをすれば、民の反感を買うだけではないか！」

「公私混同して実子の罪を見逃すほうが、民の信頼を失います。……ですが、どうやらミリアは催《さい》淫剤《いんざい》をたびたび服用していたようでした」

また新たな事実を告げられ、サディアスはくらりとめまいを起こした。

「正規では出回っていないものです。効き目が強い分、副作用も大きい。場合によっては、深刻な健康被害をもたらすとのことで……おそらく、それが原因で懐妊しなかったのでしょう。本人は気づいていないようでしたが」

「そうだったのか……」

自業自得《じごうじとく》という言葉がサディアスの脳内をよぎる。

「このままでは、ミリアを処刑することができない。そこで、心理的に揺さぶりをかけることにしました。短絡的な娘のことです。大きく動揺させれば、いずれボロを出すと確信しておりました」

「揺さぶりだと？」

「簡単ですよ。『子を宿せなければ、お前は廃妃となって王宮から追い出されるぞ。そうなれば、母と同じ末路を迎えることになる』とささやくだけでいい」

ノーフォース公爵夫人は、十年ほど前に病で亡くなったとミリアから聞いている。

だが、この口振りではまるで……

不穏なものを感じ取り、サディアスの背中に悪寒が走る。

（この男は、父上や自分の妻だけでなく、ミリアも復讐の対象にしていたのか？）

愛情を持たないどころか、命すら奪おうとしていたとは。

だがミリアは、ノーフォース公爵を深く慕っていた。

いや、甘えていたと言うべきか。

『私のお願いは何でも聞いてくださるの。とっても優しいお父様ですのよ』

口癖のように、言っていたものだ。

その父親に復讐の道具として利用され、殺意を向けられている。いい気味だと思う反面、哀れでもあった。

そんなサディアスの心を見透かしたのか、ノーフォース公爵はため息交じりに言った。

「ミリアは自分の出生の秘密を知っていました」

「それは本当か？」

「ええ。大方、妻に聞かされたのでしょう。私と血が繋がっていないのをわかった上で、『ノーフォース公爵令嬢』の立場に驕《おご》り、尊大に振る舞っていました。ミリアも、己の私欲のために私を利用していたのです」

「……」

「そんな小娘を生かしておく理由など、ありません」

平然と語るノーフォース公爵に、サディアスは言葉を失う。

「では、今度こそ失礼いたします」

最後に清々しい笑みを見せて、ノーフォース公爵は退室していった。


三か月後。

地下牢に収容されていたミリアが死んだ。

連日のように甲高い声で喚いていたが、あるとき、突然静かになったという。檻《おり》の中を確認すると、ミリアはベッドの上で息絶えていたそうだ。

検死の結果、極度のストレスによる急性心不全と診断された。

しかし実際のところは、わからない。

遺体は速やかに罪人専用の墓地に埋葬された。

正妃の死。

国内外には病で亡くなったと公表されたが、人々の関心は薄かった。

そしてサディアスも、妻の死などすぐにどうでもよくなった。

以前、アグニール帝国に宛てた書状の返事が来たのだ。

かの大国からの書状に、王宮はにわかにどよめいた。

アグニール帝国との国交は、長い間途絶えていた。

あちらから接触を図ってくるなど、本来ならありえない事態だった。

誰もがそう思っているこの状況に、サディアスはほくそ笑んでいた。

「帝国の使者殿が殿下とお会いしたいとのことです。いかがされますか？」

「断るわけにはいかないだろう。日時や場所は、そちらの都合に合わせると返事を出せ」

久しぶりに清々しい気分だ。怪訝そうな表情で確認を取る宰相に、サディアスは椅子の上で足を組みながら命じた。

しかし宰相は、すぐに返事をしなかった。

それどころか、眉をひそめて考えこんでいる。

「どうした、宰相。何を渋っている？」

「いえ。この会談に応じてよいものかと……」

宰相は珍しく歯切れが悪かった。

この国は新たな転換点を迎えようとしているのに、何をためらっているのか。

焦らされているような気分になり、サディアスは大きく息をつく。

「いいに決まっているではないか。運がよければ、帝国との国交を回復させることができるのだぞ」

「そんな簡単な話ではございません。そもそも、なぜこうして接触を図ってきたのか。……殿下、何かお心当たりはございませんか？」

「いいや。だが、もしかしたら私の才を聞きつけたのかもしれん」

サディアスは平然としらを切る。

すると宰相の目が鋭く光った。

「そうでございますか。ですが、帝国との国交は諸刃《もろは》の剣となるでしょうな」

「諸刃《もろは》の剣……？」

「……我が国は、レディーナ王国と蜜月の関係になっております。そんな状態で、今さら帝国と国交を再開するというのは、得策ではありません」

「はぁ？　ふたつの大国と友好を結べるのだぞ。この絶好の機会を逃すつもりか⁉」

この男は外交音痴なのだろうか。

サディアスは呆れと驚愕が入り混じった声を上げた。

「レディーナ王国とアグニール帝国が不仲であることはご存じですか？」

「バカにするな。私もその程度のことは知っている」

鼻を鳴らして、そう答える。

すると、宰相の口から大きなため息が漏れた。

「よいですか、殿下。どちらかにすり寄れば、どちらかに睨まれることになります」

「どちらとも同じくらい、親交を深めればいいだけの話だ」

「……たとえばですが、アグニール帝国が国交再開条件としてレディーナ王国と縁を切ることを提示されたら、殿下はどうなさいますか？」

「あ……っ」

サディアスは、ようやく宰相が何を言おうとしているのかを察した。

しかし、今さら引き下がるわけにはいかない。

「現在のミジューム王国には、そのような要求をはねつけられるほどの国力はありません」

「そ……それをなんとか解決するのがお前たちの仕事だろう。外務大臣や文官を集めて、良案をひねり出せ」

「殿下……それでは、あまりに無責任すぎます」

「口答えをするな！　私は帝国に認められたのだ。その私への侮辱は、帝国に対する侮辱と見なすぞ！」

「……出すぎた発言失礼いたしました」

「分かればよいのだ。では任せたぞ」

素直に謝罪した宰相に、サディアスは高揚感を覚える。

若き王太子の脳内では、輝かしい未来が駆け巡っていた。

会談の打診から一か月。

サディアスは、アグニール帝国へ招かれることが決定した。

帝国が迎えの馬車を出し、滞在費もすべてあちらが負担するという。その破格の待遇ぶりにまたしても王宮はざわついた。

サディアスが帝国へ出向くことに、多くの者は異議を唱えなかった。

「自分のおかげで帝国と再び友好を結べる」と事あるごとに主張する王太子に、好きにしてくれとなかば投げやりになっていたのだ。

唯一猛反対したのは、国王の元侍従だった。

今回の一件を知るなり、王宮に駆けつけたのである。

「あの国が殿下を一目置いている!?　そのようなことは断じてありえません！　今すぐに会談の中止を申し入れるべきです！」

「無礼なことを言うな。もしや私だけが、指名されたことを妬《ねた》んでいるのか？」

「違います！」

図星だったのか、むきになって否定してくる。間近で大声を出され、サディアスは眉をひそめた。

(それにしても……父上はどうした？　息子が大国とのパイプを築こうとしているのに、ねぎらいの言葉もないのか)

自室に引きこもりがちになっていた国王は、ノーフォース公爵の復讐心を知って以来、酒の量が増えた。

昼夜問わず飲んだくれ、今は正気でいる時間のほうが少ないという。

自身の愚行が、自分の首を絞める結果となったのだ。過去に戻ってやり直したい、と何度も思ったことだろう。

当然、過去に戻ることはできない。

未来に進む気力もない。

だから酒に逃げることを選んだのだ。

父はもう使い物にならない。自分が王家を立て直し、ノーフォース公爵の息のかかった連中を追い出す。

サディアスはそんな野心に燃えていた。

「殿下、どうか考え直してください」

「いい加減にしろ！　この私に口答えするな！」

なおも引き下がろうとしない侍従に、サディアスは声を荒らげる。

「ですが……」

「誰が止めようと、私はアグニール帝国へ行くと決めたのだ！」

宰相が指摘した問題については、外務大臣に任せればいい。

自分は国交を再開させるという大役を務めるのだ。

それによって生じる些細な問題くらい、解決してもらわなければ困る。

この数日後、サディアスは予定通りアグニール帝国へ渡った。
そしてミジューム王国に二度と帰ってくることはなかった。

閑話　正妃の末路

『ミリア、あなたのお父様はあの男ではないのよ』

母の言葉に、ミリアはさして驚かなかった。

なんとなく、そんな予感はしていたのだ。

世間の人々は、母を『夫に尽くす貞淑な妻』と評している。仲睦まじい夫婦ともてはやす声も多い。

しかしミリアの目には、そう映らなかった。

母が父に向ける笑顔には、どこか白々しさを感じていたのだ。

(お母様って、本当にお父様のことを愛しているのかしら?)

女の勘と言うべきだろうか。常々そんな疑問を抱いていた。

それに夜になると、甘い香水をつけて外出している。そして、ほかの香水の匂いを纏って帰ってくるのだ。

母から真実を告げられても、すぐに受け入れることができた。

ミリアの本当の父親は、国王の侍従だったらしい。ミリアが二歳のころに、病のせいで王宮を去ったという。

現在どうしているかは、母もわからないそうだ。

『だけど、お父様はお母様のことを怒らなかったの？』

『ええ。だって私は、きちんと役目を果たしたのですもの。あの人の手を借りずに、ノーフォース公爵家の娘を産んであげたのよ』

『そうよね。当主のくせに種がないなんて、みっともないお父様！』

母が行動を起こさなければ、この家には一生子どもが生まれなかったかもしれない。

いずれ父の体質のことが公《おおやけ》となり、大衆の笑いものになっていただろう。

父は自分たちに感謝するべきなのだ。

（だからお父様は、私がどんな我儘《わがまま》を言っても、全部叶える義務があるの！）

本人もそのことを自覚しているのか、ミリアが欲しいものは、何でも買ってくれる。

小遣いもたくさんもらって、王都の外れにある娼館に通い詰めた。

「将来のために、同じ年ごろの令嬢方とも交流なさるべきです」

家庭教師にはそう言われたが、無視した。美青年に囲まれているほうが楽しいに決まっている。

（お父様だって、将来のことは何も心配しなくてもいいっておっしゃってるもの）

父は王太子妃という最高の椅子を用意してくれたのだ。

サディアスも、一目見るなりミリアを気に入ってくれた。

元々正妃になる予定だったアニュエラを押しのけ、正妃の座を奪ったのだ。

（私はこの国で一番偉くなれるのよ！）

そのはずだった。

「私を誰だと思ってるの⁉　早くここから出しなさいよ！」

薄暗い檻《おり》の中で、ミリアは悲痛な叫びを上げる。

王太子以外の男と不貞を働いたとして、閉じこめられたのだ。

浮気なんて誰でもしていることだ。なのに、自分だけ罪に問われるなんて、納得がいかない。

鉄格子にしがみついて泣き喚くミリアに、食事を運んできた看守が呆れたように言った。

「王家において姦通罪《かんつうざい》は、もっとも重い罪なのです。王族の血を引かない者が王位継承権を得るなど、あってはならないことだからです」

「血筋なんてどうだっていいじゃない！」

「いいわけないでしょう……」

「サディアス様が悪いのよ！　あの人がお父様と同じだなんて……っ」

自分は種なし王太子の顔を立てようとしていただけだ。

だというのに、皆汚物を見るような目つきでミリアを見る。

「ねえ、私これからどうなるの？　妃じゃなくなって、王宮から追い出されてしまうの⁉」

実家に戻ったら、間違いなく殺される。

母と同じように。

ミリアは今まで、母が病で亡くなったと思っていた。

ある日を境に衰弱していき、最期には皮と骨だけになって息を引き取った。

だが実際は毒を少量ずつ盛られ、じわじわと苦しみながら死んだ。
父の手で。
なかなか身ごもらず焦っているとき、突然やってきた父からそう聞かされた。
『嘘よ。そんなことをしたら、医者にバレるじゃない』
『主治医も協力者のひとりだ。偽の診断書を作成してくれたよ』
『ひ、人殺し！　陛下に言いつけてやるわ！』
ミリアが引きつった声で叫ぶと、父は苦笑した。
『おや、父親にひどい口を利くものだな』
『あんたなんて、父親じゃないわよ！　だって、血が繋がってないじゃない！』
『そうだな。お前は私の娘ではない。だから、躊躇《ちゅうちょ》なく殺すことができる』
信じられないと、ミリアは息を呑む。
『どうして私が殺されなくちゃいけないのよ⁉』
『王権の簒奪《さんだつ》に成功した今、生かしておく理由がなくなったからだ』
父は薄笑いを浮かべて語った。
この王宮は、すでにノーフォース公爵家の手の内にあることを。
ミリアに救いの手を差し伸べる者など、誰もいないことを。
『だが正妃として最低限の役目を果たせれば、命までは取らないでやる』
『役目……？』

『サディアス王太子の子を産むことだ。それぐらいはできるだろう？』

父がそう言って、ミリアの頭を優しく撫でる。

『楽しみにしているぞ、ミリア』


そして現在、ミリアは罪人として投獄された。

薄汚れた衣服を着せられ、粗末な食事を与えられている。

妻が囚われの身になっているというのに、サディアスは会いにきてくれない。

看守が言っていた。

ここを出るときは、処刑されるか、廃妃されて実家に連行されるときだと。

そんなのどちらもごめんだった。

「そ、そうだわ。アニュエラ！　あの女を連れてきて！」

「なぜです？」

「私の死刑をやめさせるように、陛下たちを説得してもらうの！」

側妃として、正妃を助けるのは当然だろう。

無駄に口の回るあの女なら、うまい具合に丸めこんでくれるはずだ。

「それは無理です」

「何でよ！　あの女に大役を任せてあげるのよ！　光栄に思うべきだわ！」

いくら文句を言っても、看守は冷めた目でため息をつくだけだった。

やがて看守も立ち去り、ひとりになると恐怖と不安が一気に押し寄せてくる。

心臓が激しく脈打ち、呼吸もままならない。

「い、嫌よ。死にたくない。誰か、誰か……っ！」

いくら助けを求めても、その声は誰にも届かなかった。

第九章　アグニール帝国

サディアスは三か月ほど、アグニール帝国の王宮に滞在することになった。

世話役の侍女たちは、見目のよい女性ばかり。

用意された客室はサディアスの自室よりも広く、窓からは庭園を一望できる。

飲食は自由。アルコールの摂取も許可され、日中から堂々と飲める。

まさに至れり尽くせりの日々だ。

サディアスは自国よりも快適な暮らしに浸っていた。

国交の再開という当初の目的も忘れて。

（ああ、なんて幸せなのだ）

果実酒で喉を潤しながら、この国にやってきたときのことを思い返す。

『サディアス王太子よ、貴殿のことはかねがね耳にしていた。どうか心ゆくまでを我が国を満喫してほしい』

サディアスを迎えたのは、黒い顎《あご》ひげを蓄えた美丈夫だった。

この国を統べる皇帝である。

まだ四十代前半だろう。精悍《せいかん》な顔立ちをしており、その目は理知的な光を宿している。

酒に溺れた自分の父親よりも、よほど威厳があるではないか。サディアスは一目見るなり、そう思った。

『ずっとサディアス王太子殿下にお会いしたいと思っておりました。噂通りの方で、私とってもうれしいです』

プラチナブロンドをシニョンに結んだ女性が、ふわりと微笑む。

皇帝のひとり娘であるシレネだ。

皇位継承権を有しており、次期皇帝として父の補佐を務めているという。

驚いたことに、この国の女性には家督の相続権が認められている。かと言って、男性が不遇な扱いを受けているわけではない。

この国では能力が重要視されるのだ。

しかしそれは、男であることの優位性が奪われることを意味する。

(女子に継承権を与えるなど……そんな決まりさえなければ素晴らしい国だというのに残念だ)

サディアスは内心肩をすくめていた。

自分が君主であれば、すぐに法を改定するだろう。

夫を献身的に支え、跡継ぎを産む。それが女性の使命であり、幸せなのだ。

だが帝国で過ごすうちに、その考えは少しずつ変化していった。

「シレネ殿下、本日もおひとりでお散歩ですか?」

侍女や護衛も伴わず、ひとりで寂しげに庭園を散策するシレネを見つけ、サディアスは声をかけた。

「ええ。こうしてひとりで過ごしているときだけは、嫌なことやツらいことを忘れられますから」

シレネは憂いを帯びた笑みを浮かべ、そう答えた。

「ですが、次期皇帝であられる方にもしものことがあっては、いけません。私もご一緒させていただいてもよろしいでしょうか？」

「そんな……サディアス殿下のご迷惑になってしまいますわ」

謙遜するシレネに、サディアスは安心させるように笑みを返す。

「私のことは、どうかお気になさらないでください」

シレネの隣に並び立つと、香水の香りが鼻孔をくすぐる。甘く濃厚ながらも、どこか上品さを感じさせる芳香だ。

「いい香りですね。あなたによく似合っている」

「ありがとうございます。こちらの香水にはサンダルウッドが用いられていますの」

「私もウッド系の香水をよく使用しております。もしかすると、私たちは気が合うのかもしれない」

「ふふ、そうかもしれませんわね」

シレネが目を伏せて、気恥ずかしそうにはにかむ。

その横顔が、サディアスの心臓を高鳴らせる。

（さすが、帝国一の美女と称されているだけのことはある）

アニュエラとも、ミリアとも、クレイラー商会の令嬢とも違う魅力がシレネにはあった。

彼女を守ってやりたいという庇護欲と、自分だけのものにしたいという独占欲。ふたつの衝動が胸の中で激しくうずまく。

「ありがとうございます、サディアス殿下。……あなたと過ごしていると、なんだか昔のことを思い出して懐かしくなりますわ」

「昔のこと……ですか？」

「かつて、私には叔父がおりました。誰に対しても優しいお方で、私にもとてもよくしてくださいました」

「……そうでしたか」

親戚とはいえ、ほかの男の話題を出されて機嫌を損ねない男はいない。相槌《あいづち》を打つ声にも棘《とげ》が混じる。

次期皇帝といえども、異性の心の機微には疎いようだ。

しかし、そんな欠点も可愛らしく思えた。

「叔父様が亡くなったときは、本当につらくて毎日泣いてばかりでした。お父様も大切な弟を失い、ずっと元気がなくて……」

「皇弟殿下は、ご病気か何かで？」

故人のことよりも、自分を見てほしい。そんな本心を表には出さず、サディアスは声を潜めて尋ねる。

　すると、シレネの顔が一瞬強張った。

「ええ。あらゆる手を尽くしましたが、残念ながら」

「そうでしたか……」

「ですが、今は私もお父様も立ち直ることができました。ちゃんと前を向いて生きていかなければなりませんもの」

「……シレネ様、もし何かお困りのことがあれば、いつでも私に相談してください。私なら、きっとあなたのお力になれるはずです」

「はい。そのときはどうかお願いいたします」

　うやうやしく頭を下げられ、サディアスは高揚感を覚えた。

（これは……間違いない。今度こそ、本当にシレネは私に気がある）

　もしシレネと結ばれたなら、サディアスは次期皇帝の伴侶《はんりょ》となる。

　聡明ではあるが、どこか危なっかしい彼女を支えて生きていく。そんな立ち位置も悪くない。

（帝国での滞在期間は、あと二週間。それまでに互いの想いを交わさなければ……）

◇　◆　◇　◆

　それから一か月後。

レディーナ王国で多忙を極めていたアニュエラのもとに、ある知らせが届く。

アグニール帝国に滞在中のサディアスが、シレネ皇女への強姦未遂罪で捕縛されたというものだった。

「ごふっ」

あまりにも衝撃的な内容に、アニュエラは口に含んでいた紅茶を噴き出した。そばに控えていた侍女が、「奥様!?」と声を上げる。

「なんでもないわ、驚かせてしまってごめんなさい」

呟きこみながら、手紙の続きを読んでいく。

そこには、サディアスの『やらかし』が事細かにつづられていた。

シレネの寝室に忍びこみ、暴行を働こうとしたらしい。そしてすぐに駆けつけた護衛兵に取り押さえられたという。

この件は翌日の帝都新聞で大々的に報じられ、全帝国民の知るところとなった。

（あの人はなんてことをしたの……）

捕縛されたサディアスは、現在貴族用の牢獄で取り調べを受けているそうだ。

『なぜ私が囚われなければならない！　私を誰だと思っている！』

『シレネ殿下への暴行？　何を言っているんだ？　私はただ彼女と愛をたしかめ合おうとしただけだ』

『殿下に聞いてみるといい。私とあの方は相思相愛なのだ。男女の仲になったら、やることはひとつだろう？』

……と、本人はまったく罪の意識がないらしい。

この取り調べの様子も新聞に掲載され、帝国民は怒りに震えたそうだ。

当然だろう。シレネ皇女には、れっきとした婚約者がいる。サディアスがそのことを知っていたかはわからないが、自分に都合のいい妄想を膨らませているだけにすぎない。

ただ思いこんでいるだけならよかった。

しかし、超えてはならない一線を超えてしまったのだ。

過去のソフィー王女の一件は、ミリアの暴走によって引き起こされたものであり、サディアスが直接関与したわけではない。

だが、今回は完全に加害者の立場にある。

王太子が他国の皇女、しかも皇位継承権のある女性をはずかしめようとした。

前代未聞である。

さらに、自分たちは愛し合っているのだと豪語しているのだから、救いようがない。

早かれ遅かれ、近隣諸国の耳にも入るだろう。いや、世界中の国に拡散されることもあり得る。

それほどの大事件だ。

アニュエラは遠い目をして、今後の展開を予想する。

(極刑……は免れたとしても、終身刑かしら)

どちらに転がっても、ミジューム王国の立場は危うい。

サディアスが処刑されて終わる話ではないのだ。

（できれば関わりたくないけど、そういうわけにもいかないわね）

アニュエラは軽い頭痛を覚えながら、手紙の封筒に目を向ける。使用されているのは、ミジューム王家であることを示す封蝋。

送り主はミジューム国王だった。

手紙の最後は、アニュエラに助けを求める文章で締めくくられていた。

もちろん、無視することもできる。

しかし、妙な胸騒ぎを覚えて、アニュエラは母国に向かうことを決めた。


数日後、アニュエラはミジューム王国を訪れた。

久方ぶりの王宮は、異様な緊張感に包まれている。

文官たちの表情は暗い。サディアスの事件は、すでに彼らの耳にも入っているようだ。

（でも、あなた方にも責任はありますわよ）

あの色ボケ王太子を野放しにしてはならないと、理解していたはずだ。

だというのに、侍従もつけずに帝国に行かせるなど、「何かやらかしてこい」と言っているようなものだ。

（それに、ノーフォース公は何を考えているのかしら）

レディーナ王国の密偵によると、アグニール帝国はサディアスの処刑を検討しているそうだ。そして、それをミジューム王家に通達している。

現在、この国で実質的な決定権を持つのは、ノーフォース公爵だ。

彼なら即刻サディアスを切り捨てるはずだと、アニュエラは踏んでいた。

王家の人間であろうと、庇い立てしない。

それが、この状況下で切れる最善の手札だからだ。

ところがミジューム王国は、サディアスの助命及び身柄の引き渡しを要求したのである。

正気の沙汰ではない。自分の首を絞めるようなものだ。

(考えられるとすれば……いえ。そうでないことを祈りましょう)

一瞬最悪の事態が脳裏をかすめたが、すぐに思考の片隅に追いやる。

文官に案内されて、アニュエラは玉座の間に足を踏み入れた。

「ご無沙汰しております、国王陛下」

「よくぞ戻ってきてくれたな、アニュエラ。いや、イスワール伯爵夫人よ。そなたなら、元夫と母国の危機に駆けつけてくれると信じていたぞ」

久しぶりに見るミジューム王は目が落ちくぼみ、頬の肉がげっそりとこけて、以前とは別人のようだ。歩行がままならないのか、玉座には杖が立てかけられている。酒浸りの生活によるものだろう。

そんなことよりも……

「陛下、ノーフォース公爵はどちらにおいでですか?」

宰相や大臣一同が集められているのに、なぜか彼の姿だけ見えない。

アニュエラが尋ねると、宰相は間を置いてから答えた。

「……ノーフォース公は、何者かに殺害されました」

「えっ？」

「執務中に、背後から心臓をナイフで一突きにされていたそうです」

苦しそうに眉をひそめて、宰相が死因を語る。

「それはいつの出来事ですの？」

「アグニール帝国からサディアス様を処刑するという通告を受けた二日後のことです」

宰相が硬い表情で答えた。

(タイミングがよすぎる……いえ、悪すぎるわね)

単なる偶然とは考えにくい。アニュエラの背筋に冷たいものが走った。

「ですが、なぜこの件を公表なさらないのです。まさかこのまま隠しておくおつもりですの？」

アニュエラは語気を強めて、宰相に尋ねる。

密偵はノーフォース公爵の死を掴んでいなかった。

つまり、このことを知るのは一握りの人間のみ。

この国の舵取りを行っている人物が殺害されたのだ。そのことを隠蔽《いんぺい》するのは、国民の反発を呼ぶだろう。悪手でしかない。

「もちろん、我々とて、いつまでも隠し通せるとは思っておりません。ですが今、公爵の死を公表すれば、国内に大きな混乱を招くこととなります。それだけは避けたいのです」

「それはサディアス殿下の件と関係がありますの？」

「……お祭しの通りです」

宰相の表情が一層こわばる。

そして、三つ折りにされた紙をアニュエラに差し出した。

「こちらをご覧ください。ノーフォース公が亡くなる直前に書いたと思われる書状の下書きです。鍵つきの引き出しの中にしまわれていました」

「……拝見いたします」

文面に目を通したアニュエラは、愕然《がくぜん》とする。

サディアスの非を全面的に認めており、慰謝料の支払いも申し出ている。ちなみに身柄の引き渡しはおろか、助命も求めていない。

「ノーフォース公はこれを帝国に送るつもりだったのです。私たちにもそう伝えておりましたから。しかし、そのことを知った別の人物が公爵の名を騙り、偽の書状を送ったようです」

宰相は苦々しく顔をしかめてそう言った。

「まさか、公爵が殺されたのは……」

「おそらく、それが狙いだったのでしょう。そして、すぐに帝国は反応しました。そのことについてはご存じですか？」

アニュエラは首を小さく横に振った。

「いいえ、そこまでは。ですが、想像はつきますわ」

その言葉に、宰相は深くうなずく。

「はい。『このような法外な要求は我が国への侮辱と見なす』とし、帝国は宣戦布告を行いました」

「そうなりますわよね」

アニュエラは平然とした調子で相槌《あいづち》を打つ。

直後、がつん、と大きな音がした。ミジューム王が杖を取り、思い切り床を叩いたのだ。

「母国が攻められようとしているのだぞ？　なぜそのように呑気に構えていられるのだ！」

「呑気に見えたのなら、失礼いたしました。ですが帝国にしてみれば、最初に喧嘩を売ったのはこの国です」

アニュエラは怯《ひる》むことなく、ミジューム王を睨み返す。

「皇位継承権を持つ皇女を強姦しようとしたのです。ミジューム王家の子どもを孕《はら》ませ、帝国の乗っ取りを企てていたと見なされても当然の行為ですわ。にもかかわらず、助命を求めるなど、サディアス殿下の行いを容認しているようなものですもの」

愚行の積み重ねが、帝国の怒りを買ったのだ。

サディアスの処刑を受け入れていれば、ここまでのことにはならなかったのに……

「当然、撤回の書状をお送りになりましたのよね？」

ミジューム王は何も答えない。

だが、その目は追及から逃れるように泳いでいた。

途端、アニュエラは頭に血がのぼるのを感じた。

「陛下！」

つい声を荒らげてしまう。

「サディアスは、我が国の王太子なのだ。未来の王を処刑するなど……立派な侵略行為ではないか」

「何をおっしゃってますの……？」

今まさに国家存亡の危機だというのに。この男では話にならないと、アニュエラは宰相に目を向ける。

「宰相閣下、一刻を争います。今すぐ帝国へ書状をお送りください」

「それで事が収まるのであれば、私たちもとっくに送っております」

宰相の口から深い嘆息が漏れる。

「帝国は宣戦布告の撤回と引き換えに、ある条件を提示しています」

「条件……？」

「国王及び王妃陛下の謝罪です。自ら帝国に出向き、アグニール語で謝意を表すれば、取り消すとのことです」

「でしたら……」

「王妃陛下は癇癪《かんしゃく》を起こされて、自室に閉じこもっておいでなのです。しかも、現在王妃陛下はアグニール語を話すことができません。国交が断絶して以降、使用する機会がなかったので、忘れてしまったとおっしゃっておりまして」

「すぐに覚えさせ……いえ、何でもありませんわ」

アニュエラは言いかけようとして、思い留まった。

つけ焼き刃の語学力など、なんの役にも立たない。ミリアという前例もある。

乗り気ではない本人に無理矢理教えこんだとして、まともに話せるはずがない。さらに帝国の不興を買うことになるかもしれない。

ミジューム王に視線を戻しても、あいかわらず目を合わせようとしない。王妃同様、アグニール語を話すことができないのだろう。

しかし、王としての体裁を守るために、口にはしない。

(それに、我が身可愛さもあるでしょうね)

要求通り帝国に行ったとして、無事に帰国できる保証はない。

なんらかの口実を作り、拘束されることもありえる。

「……だが、このまま帝国と戦うわけにはいかん。そこでイスワール伯爵夫人、そなたの助力を求めたい」

ミジューム王は咳払いをして、本題に入る。

「ミジューム王国兼レディーナ王国の使者として帝国に行き、宣戦布告の取り消しを交渉してくれぬか」

「ミジューム王国、の?」

アニュエラは聞き捨てならないと、眉をひそめた。

「私はすでにレディーナ王国の人間ですわ。ミジューム王国の使者となることはできません」

きっぱりと言い放つと、ミジューム王の目つきが鋭くなった。

「だが、無関係ではなかろう。そなたはかつて、この国の妃であったのだ。サディアスの妻であったのだ。そなたには、今もこの国を救う義務がある」

なんて身勝手な言い分だろう。かつて側妃になることを強要されたときのことを思い出し、アニュエラは怒りを覚える。

「ですが、私の一存で決められる問題ではございませんわ」

ミジューム王国への訪問自体は、レディーナ王とレディーナ国の宰相も承知している。妙な交渉には乗らないようにという言葉つきで。

しかし、ここでミジュームの宰相がある事実を告げる。

「申し訳ございません、イスワール伯爵夫人。帝国には、すでにあなたが両陛下の代理人として訪問する旨を伝えております」

アニュエラは言葉を失う。

しかし、宰相はなりふり構ってなどいられないのだろう。おそらくミジューム王国の危機に、手を差し伸べる国はない。

呆然とするアニュエラを見て、ミジューム王は薄笑いを浮かべた。

「よく考えてほしい。帝国軍が攻めこんできた場合、レディーナ王国も他人事ではないぞ。我が国から多くの難民が貴国へ行く。そちらの王は、彼らを見捨てると思うか？」

「いいえ。おそらく全力で受け入れるでしょう」

レディーナ国王はあなたとは違う。そんな意を込めて、アニュエラは断言する。

「ミジューム人を保護などしたら、レディーナ王国も帝国の敵と見なされるだろう。もともと両国は不仲なのだからな」

お前たちも道連れだ、と言いたいのだろう。宰相や大臣も、鬼気迫る表情でアニュエラを見据えている。

「かしこまりましたわ。熟考させていただきます」

「よい返事を期待しているぞ」

アニュエラが渋々ながらそう告げると、ミジューム王は満足げにうなずいた。


「ミジューム王国の民を受け入れれば、我らも敵国と認定されるというわけか。なるほど、これは我が国にとっても、由々しき事態だ」

アニュエラの報告を聞き、レディーナ王は苦々しい表情を浮かべる。会議室にはレディーナ王国の要人たちが集められており、重苦しい空気が流れていた。

「そうでなくとも帝国はこの国を経由し、ミジューム王国に攻め入るはずだ。それが最短ルートとなるからな。入国を拒めば、その時点でレディーナ王国も標的となるだろう。だが……」

レディーナ王は言いかけて、口を閉ざした。代わりにルマンズ侯爵が言葉を発する。

「帝国に偽の書状を送ったのは、やはりノーフォース公爵を殺害した者と同一人物でしょうか？」

「であろうな。しかし、目的がわからぬ」

レディーナ王は低く唸《うな》った。

「両国の戦争を誘発するため、第三者が仕組んだのかもしれません」

シェイルの仮説に、一同の表情が険しくなる。

「ミジューム王国の滅亡を望む国、か」

「多すぎて絞れませんな」

レディーナ王のつぶやきに、大臣のひとりが真顔で言った。

ここ数年で、次々と問題を起こしているのだ。

存在そのものを目障りに思う国は少なくない。

もしくは帝国との戦いで疲弊したところを狙い、領土を奪取する算段も考えられる。

「私に心当たりがありますわ」

「本当か、アニュエラ!?」

ルマンズ侯爵が驚きの声を上げる。

アニュエラはうなずき、その国の名を口にした。

「アグニール帝国です」

「それはつまり……」

アニュエラが何を言わんとしているのか、シェイルが真っ先に理解した。遅れてほかの者たちも察して、会議室がざわつく。

「今回の一件は、戦争を引き起こすための自作自演というわけか。そのために公爵を始末し、不当な要求を受けたと主張する。たしかに、すべて説明がつく」

レディーナ王の眉間に深い溝が生まれる。

「だが、そんなにうまくいくものなのか？　国王と王妃が素直に帝国へ行けば、この策は成立せんぞ」

ルマンズ侯爵が訝《いぶか》しげに異を唱える。

「その場合は、『謝罪どころか、無礼な態度だった』と言い張る算段かもしれませんわ」

「そこまで考えているというわけか……」

「サディアス王太子殿下がシレネ皇女を襲おうとしたのも、彼らの筋書き通りだったのかもしれません」

「それはあるだろうな……」

アニュエラの言葉に反論する者は、誰もいなかった。

サディアスほど扇動しやすい人間もまずいない。

思いこみが激しいせいで、「自分に気があるのでは」などとすぐに勘違いしてしまう。そんなサディアスの妄言など信用に値しない。仮に、シレネ皇女が意図的にサディアスを誤解させたとしてもだ。

何せ彼には前科が多すぎる。

アリーシャにいたっては、初めて会った日の数日後に言い寄ったのだ。

その悪癖《あくへき》を最大限に利用されたのだとしたら。あまりにも情けなくて、アニュエラは脱力してしまいそうになる。

「イスワール伯爵夫人の推論が正しいとするならば、アグニール帝国の目的はなんだ？　なぜ、ミジューム王国を狙う？」

レディーナ王が次々と疑問を呈する。

「そもそもの話、かつて帝国はなぜミジューム王国との国交を絶ったのだ？」

アグニール帝国が国交の断絶を表明したのは、九年前。

しかし、その理由は現在も明らかになっていないのだ。

「僭越《せんえつ》ながら、陛下。今は目前の問題を解決するほうが先決でございます。宣戦布告の取り消しを最優先に考えるべきでしょう」

「そうであったな……」

ドミニクが険しい表情で進言する。レディーナ王は顎《あご》を擦《さす》りながら、窓のほうを見る。

時間は待ってくれない。

いつ帝国が攻めこんでくるかもわからないのだ。

いよいよ本題に入ったところで、アニュエラは申し出た。

「お任せください、陛下。私が帝国に行き、皇帝陛下にかけ合ってみますわ」

「アニュエラ!?」

ドミニクがぎょっと目を見開いた。

「私が殿下のお傍についてさえいれば、このような事件は起こらなかったはずです。私の我儘《わがまま》のせいで、ミジューム王国だけでなくこの国をも危険に晒しているのです。ミジュームの民のためにもなんとしてでも、戦争を回避しなくてはなりません。そのために直接お会いして、誠意を示す必要があります」

廃妃の道を選んだことを、アニュエラは後悔していない。

だから、それによって生じた事態ともしっかり向き合わなければならない。

これはひとつのケジメだ。

「そなたが責任を感じることはない。あとは我々に任せればよい」

レディーナ国王がそう言うと、ルマンズ侯爵も「陛下のおっしゃるとおりだ！」と悲痛な声を上げた。

「お前にもしものことがあれば……！」

言葉の続きを遮るように、アニュエラは首を左右に振る。

「私はもうお飾りの側妃ではありませんもの。これからは国や民のために在りたいと思っています」

サディアスの婚約者になったとき、同じ思いだった。なんだか懐かしく感じて、アニュエラは頬を緩める。

止めても無駄だと悟ったのだろう。ルマンズ侯爵はドミニクと顔を見合わせ、小さくうなずいた。

「……そうか。だが、くれぐれも無茶をしてはならんぞ」

「もちろんですわ、お父様」

アニュエラは父を安心させるように力強く言った。

「ならば、私もともに彼《か》の国へ参りましょう」

そう名乗り出たのはシェイルだった。

「シェイル様……」

目を丸くするアニュエラに、シェイルはにこりと笑う。

「妻を守るのが夫の務めです。それに、どのような理由があるにせよ、戦が起きようとしているのを傍観しているわけにはまいりません。陛下、どうかご許可をくださいますよう」

一同の視線が集まる中、レディーナ国王は一拍の間を置き、口を開いた。

「わかった。ひとまずこの件は、そなたたちに委ねよう」


アグニール帝国までは最短で二日かかる。

レディーナ王国と帝国との間にある小国に一泊して、早朝には出発しなければならない。

馬車の中で朝食のパンを食べながら、アニュエラは窓の外をぼんやりと眺める。周囲はまだ薄暗く、明け方の空には三日月が浮かんでいた。

人気《ひとけ》のない市街地に鳴り響く蹄《ひづめ》の音。

心地よい揺れが眠気を誘う。まどろんでいると、ふいに紙をめくる音がして、アニュエラは瞼《まぶた》を開いた。

「起こしてしまいましたか。申し訳ありません」

手元の書類に視線を落としていたシェイルが、ぱっと顔を上げた。傍らのランタンが、書面をぼんやりと照らしている。

「いいえ。気になさらないでください。何をお読みになっていましたの？」

「アグニール皇族に関する報告書です。数年前のものになりますが、何かの役に立つかもしれないと、陛下からいただきました」

「報告書？」

「帝国に密偵を送り、内情を探らせたそうです」

どうぞ、とシェイルが差し出した報告書をアニュエラは受け取った。睡魔はすっかり消えうせ、真剣な眼差しで注意深く読み進めていく。

「こちらの方は……」

アニュエラはある人物に着目した。

現皇帝の弟である。

九年前に病でこの世を去っているそうなのだが……

「亡くなられる数か月前に国賓として、ミジューム王国に招かれていますわね」

「はい。そして皇弟殿下の死後、アグニール帝国はミジューム王国との国交断絶を宣言しています」

シェイルが怪訝そうに眉を寄せて言う。

皇弟の死と、ミジューム王国との断交。

ふたつの出来事を関連づけるのは、性急かもしれない。

だが偶然では片づけられない何かを感じて、アニュエラはすっと目を細める。

君主としてふさわしい威厳を持つ兄とは対照的に、皇弟は穏やかな気質の男性だったらしい。外務大臣を務めており、文官の女性との結婚を控えていたそうだ。

そして姪にあたるシレネ皇女から、もうひとりの父親のように慕われていたという。


時間が経つにつれて、空が明るくなってきた。

途中で休憩を挟みながら、走り続けること二日。

アニュエラたちを乗せた馬車は、アグニール帝国に到着した。

大陸の半分以上を領土とし、多くの文化を生み出した大国。その歴史は千年以上に及ぶ。

また、大陸一の軍事力を誇り、複数の国家が結託しても、その牙城を崩すことは不可能とされている。

「ようこそおいでくださいました。我が国はあなた方を心より歓迎いたします」

ふわりと柔らかな笑みを浮かべるのは、次期皇帝であるシレネ皇女だ。

プラチナブロンドの髪、深みのある青色の瞳、透けるように白い肌。

どこか陰のある表情が印象的な、落ち着いた雰囲気の女性に見える。すらりと細い体躯《たいく》に、シックなデザインのドレスがよく似合う。

そして同性のアニュエラでさえ、はっと息を呑むような美貌の持ち主だ。

長い睫毛《まつげ》に縁取られた双眸に見つめられ、一瞬どきりとする。

「お初にお目にかかります。イスワール伯爵夫人アニュエラと申します」

「あなたがアニュエラ様なのですね。あなたのお話は、サディアス殿下からお聞きしております。以前からお会いしてみたいと思っておりました」

シレネがふふ、と口元に手を当てて笑みをこぼす。アニュエラはシェイルと顔を見合わせた。

(自分を襲おうとした相手を、今も『殿下』とお呼びしているのね)

普通ならば、名前を口にするのも不快だろうに。しかしシレネの顔には、嫌悪感はない。

「そちらの方は？」

「イスワール伯爵シェイルと申します」

シェイルが一礼して名乗ると、シレネは笑みを深くした。

「あなたのことも存じております。殿下が妻を奪った憎き男だと、熱弁なさっていましたから」

「……さようでございますか」

「さあ、私のお部屋に案内いたします。詳しいお話はそちらで。お茶とお菓子も用意しましょうね」

「お待ちください、シレネ皇女殿下」

歩き出そうとするシレネを、シェイルが呼び止める。

「まずは皇帝陛下にご挨拶を……」

「それには及びません。本日、父は会談のために他国へ出向いております」

そして、シレネはこう言い足した。

「ミジューム王国の件は、私に一任されております」

彩り豊かな花々で囲まれているレディーナの王宮と異なり、アグニールの王宮は厳かな雰囲気を漂わせる重厚な造りをしている。

庭園の大半を占めるのは、目が覚めるような青いネモフィラだ。

「さあ、おかけになってください」

シレネの部屋には、必要最低限の調度品しか置かれていない。よく言えば清潔感があってシンプル、悪く言えば殺風景な部屋だ。

アニュエラとシェイルが席に着くと、侍女が珈琲と焼き菓子を運んできた。

「アグニールではお茶と言えば、珈琲なのです」

シレネがそう言って微笑む。客人に合わせたもてなしをするつもりはない、と言外に匂わせている。

ここは敵地なのだ。

どくん、どくん、と心臓が早鐘を打つ。

緊張の中、アニュエラは珈琲に口をつけた。まず初めに感じたのは、深い苦み。そのあとから、果実にも似た風味がふわりと広がる。

「よい香りですわね」

ぴんと張り詰めていた神経が、わずかに和らぐ。

シレネも頬を綻《ほころ》ばせた。

「あなたなら、そうおっしゃってくださると思っていました。サディアス殿下はひと口飲むなり、『この国では、こんなに苦い茶を飲むのですか』と顔を歪《ゆが》めたのですよ。それからは、紅茶をお出ししていました」

「それは……」

反応に困る話を振られ、アニュエラは愛想笑いを返すしかない。ちらりと隣を見ると、シェイルが小さくため息をついた。

「シレネ殿下、他国の人間である私が口を挟むことでないことは、重々承知しております。ですが、どうかお願いします。ミジューム王国に対する宣戦布告を取り消していただけないでしょうか」

異国の茶を味わうために、やってきたのではないのだ。カップをソーサーに戻して、アニュエラは本題に入った。

「アニュエラ様はご存じないようですね。我が国は布告の撤回の条件として、ミジューム国王と王妃両陛下の謝罪を求めております」

シレネが身を乗り出して言う。

アニュエラは臆せずに用意していた理由を述べる。

「両陛下は体調を崩しておられるため、代理として私が参りました。どうかご理解ください」

「嘘をつかなくても構いません。大方、保身のためにあなたを差し出したのでしょう。彼ららしいやり口です」

「ですが、民たちにはなんの責任もありません。上の人間の愚行によって国が戦火にさらされるなんて、あってはならないですわ」

アニュエラはシレネの目をまっすぐ見つめる。

シレネは安心したように頬を緩めた。そして。

「布告を撤回いたします。いえ、どうかさせてください」

「え？」

これはいったいどういうことか。長期戦になると思いきや、シレネはすんなりと承諾して、アニュエラは虚を突かれた。

「あなたはお気づきのはずです。私がサディアス殿下の暴走を仕組んだことを」

「え、ええ……」

「私の計画は、殿下にクレイラー商会の一件のような事件を起こさせることでした」

アニュエラの脳裏に、親友の顔が思い浮かぶ。

あの出来事から、ミジューム王家は急速に転落していった。

「格上の国に国賓として招かれた身で、失態を犯す。それを国内外に広めることで、ミジューム王家の権威をおとしめることが狙いだった。……そういうことでしょうか？」

シェイルの問いに、シレネは首を縦に振る。

「子どもじみた嫌がらせです。……ですが、私の寝込みを襲ってきたのは、想定外でした」

「そういうお方ですもの」

アニュエラはきっぱりと断言した。

「激怒した父はミジューム王家を根絶やしにして、国そのものも地図から消すと息巻いておりました。ですが、さすがにそれは度がすぎています。そこで、この件を一任させていただき、なんらかの謝罪を受け次第、布告を取り消すつもりでした」

シレネは困ったような表情を見せる。

「ただし、サディアス殿下は罪を犯した以上、すぐにお返しするわけにはまいりません。我が国で数年ほど服役していただきます」

「服役？　殿下は処刑されるはずでは……」

アニュエラの疑問に、シレネが首を横に振る。

「あれは父が勝手に決めたことです。あの方は、私に踊らされていただけですから」

「……シレネ皇女、ひとつお聞きしてもよろしいでしょうか」

「ええ、どうぞ」

シレネはうなずいた。

「九年前、皇弟殿下の身に何が起きたのか、教えていただきたいのです」

「……」

「お願いいたします、皇女」

九年前の出来事を自分たちは、知らなければならない。いや、知る義務がある。

室内に束の間の沈黙が流れる。シレネは珈琲をひと口飲むと、顔を上げた。

「皇弟殿下、いいえ、叔父様は――」

シレネの口から語られたのは、ある事件の顛末《てんまつ》だった。

なんてことを、とアニュエラは呆然とする。

そして、ミジューム王国の現状が見えてきた。

「……叔父様にも落ち度はございます。一応の決着もついております。ですから、これは単なる逆恨み」

シレネは小さな吐息をふっと漏らした。

「サディアス殿下から手紙をいただいたとき、今回の計画を考えつきました。彼を帝国に招くことを提案したのも私です。……父や臣下たちも私の目的を察していたでしょうに、どなたも反対せず、協力してくださいました」

「あなたもずいぶんと大胆なことをなさいますわね」

「サディアス殿下には敵いません」

シレネは皮肉をこぼした。

「世界中どこを探しても、あのようなお方はそうそういません。ですが私の寝室に忍びこんだ際、『私は子を成すことができない。だが、ベッドの中で愛し合うことはできる』と言われて鳥肌が立ちました」

「あらまあ……」

サディアスが子どもを作れない体質だなんて、初耳だ。

しかも、それを他国の皇女に明かす軽率さに、アニュエラは呆れて言葉を失う。

「あんな人が一国の王太子だなんて、いまだに信じられません。ノーフォース公爵があの国の権力を握ったのは正解です。彼がいれば、あの国は安泰でしょうから」

「……？」

シレネの言葉に、アニュエラはじわりと目を見開く。

そのとき、部屋の扉が開かれた。

血相を変えた文官が、駆けこんでくる。

「シレネ殿下！　サディアス王太子が、牢から脱走しました！」

シレネが椅子から立ち上がった。

一方アニュエラは驚きのあまり、危うくカップを手から滑り落とすところだった。

(殿下は事態を悪化させる天才なのかしら)

これ以上罪を重ねてどうする。

「見張りはどうしたの。厳重に監視するように命じたでしょう？」

「そ、それが看守の姿も見当たらないのです。その者が王太子を逃がしたのではないかと……」

シレネに厳しく問いただされ、文官が慌てて説明する。

「まだ遠くには行っていないはずよ。もしかしたら、どこかに潜んでいるのかも。城内の兵総出で捜索にあたりなさい」

「はっ」

兵士に命じると、シレネはアニュエラたちを振り返った。

「申し訳ありません。少し席を外させていただきます」

返事を待たずに、シレネが部屋から飛び出していく。

遠ざかっていく足音を聞きながら、アニュエラは珈琲を飲んだ。

現実逃避である。

「何をしているんだ、あのお方は……」

シェイルもうんざりしたように、深く息をつく。

「アニュエラ様、いかがなさいますか？」

そう尋ねながらも、「関わりたくない」とシェイルの顔には書いてある。

アニュエラも同意見だ。これ以上、この国に留まる理由はない。

……ないのだが。

「サディアス殿下を放っておけば、また新たに問題を起こしますわ」

アニュエラはそう言って、扉のほうを見る。

「元ミジューム人として、これ以上母国の印象が悪化することは見過ごせません。殿下のことは心の底から、どうでもいいですけれど」

事と次第では、新たな戦争の火種になる。

想像するだけで、アニュエラの背中にじっとりと冷や汗が滲む。

今はただ、サディアスが大人しく捕まってくれるのを待つしかない。

しかし、程なくして廊下が騒がしくなってきた。気になって扉を開けると、文官や兵士が忙しなく行き来している。

「ミジュームのバカ王子がシレネ殿下を人質に取っただと!?」

「地下牢獄に潜んでいたらしい。殿下が確認にいらしたところを襲ったそうだ」

「要求はなんだ？　ミジュームへの帰国か？」

「いや、殿下と永遠の愛を誓うと言い張っている」

「バカにもほどがあるだろ！」

予想をはるかに上回る事態である。アニュエラとシェイルはうなずき合い、部屋を飛び出した。

「そこのあなた、今すぐ地下に案内してちょうだい！」

「は、はい！」

部屋の外にいた護衛兵の案内で、地下へ急行する。移動に適した靴を履いてきて正解だったと、アニュエラは自分の判断を褒めた。

そして、地下へ続く階段に差しかかったとき、下のほうからシレネの悲鳴が響いた。

「いい加減にしろ、シレネ！　なぜ、私への想いを認めようとしない！」

今、この世で最も聞きたくない声もする。

階段を駆け下りたアニュエラは、目の前の光景にまなじりを上げた。

サディアスが背後からシレネを組み伏せ、彼女の喉元にナイフを突きつけているのだ。

少し離れたところでは、先ほどシレネの部屋を訪れた文官が、腕から血を流して座りこんでいる。

「さあ、早く言ってくれ。私を心から愛していると」

サディアスがシレネの耳元に口を近づけ、甘い声音でささやく。

彼女が無言で首を横に振ると、両手をねじ上げている腕に力を込めた。う、と低い呻《うめ》き声が上がる。

「殿下を離せ！」

「貴様らは黙っていろ！　私を誰だと思っている⁉」

皇女に暴行を働く不届き者が、声を荒らげる。四人用の粗末な衣服を着ていることもあり、王族の人間には到底見えない。

「私をこんなところに閉じこめたのも、単なる照れ隠しだったんだろう？　私を檻《おり》から出した者は、君が私を処刑するつもりだと言っていたが、私は信じていないから安心してくれ。ああ、早く君とひとつになりたい……」

サディアスが自分の世界に浸っている間にも、地下に続々と兵士たちが集まってくる。サディアスの手に握られているナイフを見て、兵士たちは皆表情を強張らせる。

「シレネ！　何をためらっているのだ！　私を愛していると、早く皆の前で……！」

「そこまでになさってください、殿下」

サディアスの言葉を遮るように、アニュエラがそう言った。

興奮で血走った目が、元妻の姿を捉えた。

「ア、アッ、アニュエラァ⁉」

「お久しぶりですわね」

アニュエラはにこりと微笑んで、カーテシーをする。それから、一歩進み出た。

「どうしてここにいるのだ⁉」

「お答えする必要はありませんわ。それより、いつまでこんなバカげたことをおっしゃってますの？」

「バカげたことだと？　側妃の分際でその口の利き方はなんだ！」

「あら、お忘れになりまして？　私はもうあなたの側妃ではございませんのよ」

アニュエラは諭《さと》すように言うが、残念ながら効果は乏しい。

「そのようなこと、私は認めていないぞ！　君はまだ私の側妃だ！　私の所有物だ！」

サディアスが顔を真っ赤にして、反論してくる。

「見苦しいですわよ、殿下。それと、シレネ皇女には将来を誓ったお相手がいらっしゃいます。あなたのことなど、眼中にありませんわ」

「それは親同士が決めた結婚ではないか！　だが、シレネの本心は違う！　私たちは真実の愛で結ばれているのだ！」

高らかに宣言するサディアスの下で、シレネが大きくかぶりを振る。この男を選ぶくらいなら、ミジンコと結婚したほうがマシとでも言うように。

（あなたの自業自得《じごうじとく》ですわよ、シレネ皇女）

アニュエラは内心でそう指摘する。

サディアスを復讐の道具に選んだのが、運の尽きだ。

「真実の愛？　ずいぶんと安っぽい言葉ですわね」

「な、なんだと⁉」

「懐かしいですわね。私も初めてささやかれたときは、うれしかったですわ」

これは本当のことだ。

サディアスの婚約者となったばかりのころ、アニュエラは周囲のプレッシャーに押し潰されそうになっていた。

果たして立派な王太子妃になれるか、無事に妃教育を終えられるか、国民に認めてもらえるか。

一度そんな思考のループにはまり、なかなか抜け出せずにいた。

そんなアニュエラを知ってか知らずか、サディアスはうっとりと目を閉じて言ったのだ。

『私と君は、真実の愛で結ばれている。きっと、どんな困難も乗り越えられるはずだ』

その言葉はしとしとと降る雨のように、アニュエラの心に深く染みこんだ。王太子としてではなく、ひとりの男性として彼を愛せるかもしれない。

そんな期待が静かに芽生えたのも束の間、すぐにサディアスの本性を知って枯れ果てた。

虚しい過去を振り返りながら、アニュエラは容赦《ようしゃ》なく言い放つ。

「ですが、今は耳障りなだけですわ」

そのひと言で、サディアスの怒りが爆発した。

「先ほどから言わせておけば……！」

シレネから離れ、アニュエラに飛びかかろうとする。

しかし、いつの間にか背後に回りこんでいたシェイルによって、サディアスは羽交い締めにされた。

「き、貴様はアニュエラの……っ！」

「私の妻に手を出さないでいただこう！」

シェイルが動きを封じている間に、兵士たちがシレネを救出しようとすると、サディアスの「私のシレネに触れるな！」という声が響き渡った。シェイルを振りほどき、兵士たちに駆け寄っていく。

だが、シェイルの体当たりをくらって、石畳の床に倒れた。

「ぐふっ」

顔面を思い切り打ちつけ、鼻から血が出る。そして起き上がろうとしたところを、兵士たちに素早く取り押さえられた。

「ふぅ……」

アニュエラは安堵の息をもらし、夫に歩み寄った。

「察してくださってありがとうございました、シェイル様」

サディアスの注意を引きつけている隙に、シレネを助け出す。その意図を汲み取ってくれた夫に、アニュエラは礼を述べた。

「わかりますよ。いつもあなたのことを考えていますから。ですが……」

「どうかなさいましたの？」

「あの男に真実の愛とささやかれて、あなたはうれしかったのですね」

「あ」

寂しそうな声音に、アニュエラの瞳がかすかに揺れる。

「シェイル様、先ほど言ったことは……」

「すみません。つい意地の悪いことを言ってしまいました」

慌てて釈明しようとしたアニュエラの言葉を、シェイルの穏やかな声が遮る。

「かつて、あなたの手を取ることを諦めてしまった私に、あなたを責める資格などありません。これから先、王太子との思い出を塗り潰すほど、私があなたを愛せばいいだけだ」

「……はい」

シェイルに優しく微笑みかけられ、アニュエラもほっと表情を緩ませる。

「い、痛い！　痛い痛い痛い！　早く私を助けろ！　医者をっ、医者を呼べぇぇぇ!!」

ふたりの間に流れる穏やかな空気が、悲痛な叫びによって霧散する。よほど、打ちどころが悪かったのか、サディアスはぼたぼたと鼻から鮮血をしたたらせていた。

そんな彼に向かって、シレネが静かに歩み寄る。

サディアスがぱぁっ、と表情を明るくした。

「シレネ、先ほどから鼻血が止まらないんだ。どうか君の赤い舌で舐め取ってほし……」

「さようなら、サディアス殿下」

シレネの声がサディアスの聞くに堪えないような言葉を遮る。

「私の計画に巻きこんでしまって、申し訳ありませんでした」

「へ……？」

「ですが、あなたはもう少し、人の心を学んだほうがよろしいかと」

神妙な面持ちで忠告すると、シレネはアニュエラたちのもとにやってきた。

「助けていただきありがとうございました」

「礼には及びませんわ。ですが、看守はなぜサディアス殿下を逃がしたのでしょうか」

アニュエラが首をかしげると、シレネの顔に苦いものが混じる。

「私が皇位継承権を持つことに反発する者が、看守に指示したのでしょう。この国では女性にも相続権が認められています。しかし、そのことに不満の声も多いのです。王太子を捕らえていた牢の中に、興奮剤と思しき小瓶を発見しました。王太子に服用させて、私を襲うように仕向けたのです。……私が迂闊《うかつ》でした」

「興奮剤……」

いつにも増して様子がおかしかったのは、薬の影響だったようだ。サディアスの乱心ぶりを思い返し、アニュエラは合点《がてん》がいった。

「……卑怯な手段を使って、復讐しようとした天罰でしょうね。こんなことをしても、叔父様は返ってこないのに」

シレネが小さく笑い声を零《こぼ》す。

しかしそれは、サディアスの叫び声に掻き消される。

「アニュエラ！　どうして私を助けてくれないのだ⁉　夫がこんなに苦しんでいるというのに！

妻の務めを放棄するつもりかぁっ⁉」

兵士が数人がかりで、泣き叫ぶサディアスを連行していく。

「縛《しば》り首にされても、元気に叫んでそうですわね……」

アニュエラはぼそりとつぶやいた。あの様子を見ていると、冗談のひとつも言いたくなる。

「ありえそうで恐ろしいです」

シレネが忌々《いまいま》しそうに顔を歪《ゆが》める。

「あのような男を救おうなど、ノーフォース公は血迷ったことをお考えに……」

ん？　とアニュエラとシェイルは首をかしげる。

そういえば、彼女はこう言っていた。「彼がいれば、あの国も安泰でしょう」と。

「お待ちください。シレネ皇女は、ノーフォース公の件をご存じではありませんの？」

「え？」

「彼は何者かに殺害され、偽の書状が帝国に送られましたの」

途端、シレネは目を丸くした。

しらを切っているようには見えない。

シレネはたった今、公爵の死を知ったのだ。
（だとしたら、ノーフォース公は誰に殺されたというの……？）
アニュエラの中に大きな謎がひとつ残った。

第十章　明るい未来

レディーナ王国に帰国して間もなく、アニュエラは異変を感じた。

国全体が重苦しい空気に包まれている。

街を往来する人々の表情は暗く、なぜか兵士たちが厳しい表情で巡回している。

（帝国との戦いに備えているのかしら。いえ、そんなはずはないわ）

レディーナ王はアニュエラたちの報告を聞くまで、兵を動かすことはないと言っていた。無用な混乱を避けるためだ。

予期せぬ出来事が起きているのでは。シェイルも同じことを考えているのか、緊張を帯びた表情をしている。

（いずれにせよ、早く陛下に報告しないと）

帝国は宣戦布告を取り消した。

そして、サディアスが再び大事件を起こした。

どちらも早急に伝えなければならない。

アニュエラとシェイルを乗せた馬車が、王宮に到着する。

いつもは穏やかな雰囲気の宮内には、喧噪《けんそう》が満ちていた。これだけで異常事態であることが窺える。

しかも、どういうわけか、ミジューム王国の文官たちの姿を見かける。深刻そうに眉をひそめる者、憔悴しきった様子の者、虚ろな表情で床に座りこんでいる者……中には、傷を負っている文官もいる。

「これは……」

アニュエラとシェイルが呆気に取られていると、ひとりの男が近づいてきた。

「お二方、ご無沙汰しております。お元気そうで何よりです」

某国の大使だ。何度かレディーナ王国を訪れており、以前からふたりとは面識があった。

だが、彼は一か月ほど前に、帰国していたはずだった。

「お久しぶりでございます。なぜあなたがこちらに？」

アニュエラの問いに、大使が驚いたような顔をする。

「おや、ご存じではないのですか？」

「私たちはここ数日、この国を離れていましたの」

「そうでしたか……」

大使は言い淀《よど》むように、視線をさまよわせる。

「アニュエラ！」

その声に振り返ると、ルマンズ侯爵が小走りに走ってくるのが見えた。

「お父様、ただいま戻りましたわ」

「うむ……よくぞ帰ってきてくれたな」

ルマンズ侯爵は目尻を下げて、安堵の笑みを浮かべた。それからアニュエラの隣を見る。

「イスワール伯爵、道中娘を守ってくださり感謝する」

「礼には及びません。そんなことより、この騒ぎはいったい何があったのですか？」

シェイルが謙遜ついでに尋ねる。

するとルマンズ侯爵は途方に暮れたように天井を見上げた。

「さまざまなことが起こりすぎて……何から話せばよいのやら」

「迷うのなら、一から説明すればよいでしょう」

そう諭《さと》したのは、いつの間にかアニュエラの背後に立っていたドミニクだった。

「お兄様」

「お前たちが帝国に行っている間に、ミジューム王国は大騒ぎだ。まず、ノーフォース公爵を殺害した犯人が捕まった」

「本当ですの⁉」

アニュエラの顔がさっと強張る。

ドミニクは周囲をきょろきょろと見回し、やや声を潜めて言った。

「公爵を殺したのは、王家を支持する貴族の使用人だ。事件が起こったとみられる時間帯に、公爵邸の近くをうろついていたらしい。庭師や馬丁が目撃していたとのことだ。しばらく黙秘を続けていたが、減刑をちらつかせると、すべて白状したそうだ」

誰だって死にたくはないからな、とドミニクはふん、と鼻を鳴らす。

「公爵家の使用人を買収して、屋敷に忍びこんだのだ。公爵を殺害したあと、その貴族によって偽書が帝国に送られたわけだが……問題はここからだ」

「どういうことですの」

「此度の首謀者は、王妃陛下だ」

「……っ！」

アニュエラは声も出せないほど驚いてしまう。

「なぜ、王妃陛下がそのようなことを……」

シェイルも驚きを隠せない。帝国が関与していないとすれば、やはり他国のはかりごとではないかと考えていたのだ。

「サディアス殿下の事件は、王妃の耳にも入った。ノーフォース公が殿下の処刑を受け入れるだろうということもな」

「では、殿下をお救いになるために？」

いや、とドミニクはシェイルの言葉を否定する。

「自分の王妃の座を守りたい一心で、殿下を帝国から取り戻そうとしたようだ。あんな男でも未来の国王だからな。国王が不在となれば、王家は断絶。つまり王太后の存在意義もなくなるわけだ」

「その結果、帝国を本気で怒らせてしまったのだよ。ご自身が引き起こした事態だというのに、我が身を守ろうと部屋に引きこもるとは……」

ルマンズ侯爵が嘆息混じりにつぶやいた。

ミジューム王国は危うく戦乱に陥るところだったのだ。その責任は計り知れない。

「王妃は拘束されて、現在取り調べを受けているが、それで済む話じゃない」

ドミニクはうんざりしたように顔をしかめる。

「ノーフォース公の暗殺。しかも、その主犯が王妃と公表されて、国民は大激怒だ。貴族も庶民も関係なく、王家を罵《ののし》っている。独立もしくは、近隣の国に乗りかえるとうそぶく領主もいるくらいだ」

「それでは、こちらにお集まりの方々は……」

アニュエラは母国の文官たちをちらりと見た。

「暴徒と化した王都民が、王宮に押し寄せたのだ。自分たちは公爵派だと主張しても、聞く耳を持たず、襲いかかってきたらしい。あそこにいるのは、命からがらミジューム王国を脱出した者たちだ。幸い死者は出ていないが、今ごろ宝物庫は空っぽになっているだろうな」

「まあ……」

想像をはるかに超える状況に、アニュエラは言葉が見つからない。古今東西どの国も、民衆の怒りを買った王家は破滅している。

「もはやミジューム王国だけで解決できる問題ではない。そこで、ミジューム王国の領主や他国の要人を集めて、会談を開くことになったのだ」

ルマンズ侯爵がそう言うと、先ほどの大使が頭を下げた。

レディーナ王国が主催国なのは、ミジューム王国とゆかりが深いためだろう。

「アニュエラ。お前にも出席してもらうぞ」

「ええ、もちろんですわ。それと……ミジューム王はご無事ですの？」

ドミニクは「ああ」と苦笑しながらうなずいた。

「この国に身を寄せている。詳しいことは私と父上も知らされていない。会いたいのなら、陛下に伺ってみろ」

「教えてくださり、ありがとうございます」

「お前のことだから心配ないと思うが、ほかのヤツにミジューム王の居場所を聞かれても言うなよ。特に、ミジューム王国の文官たちには」

ドミニクは真剣な顔で、念を押すように言った。

「あら、ひょっとして陛下は、ご自分だけお逃げになりましたの？」

「よくわかったな」

「大体想像はつきますわ」

「王宮が襲撃された際、臣下を見捨てて真っ先に逃げたという話だ。宰相はギリギリまで逃げずに、避難誘導の指揮を執っていたというのに。おかげで、相当恨みを買っている」

ドミニクは肩をすくめて笑った。

「そんなことより、帝国との交渉はどうなったのだ？　こんな状況で帝国軍が攻めてきたら、ミジューム王国はひとたまりもないぞ」

祖国の危機に、ルマンズ侯爵が不安そうな瞳でアニュエラに尋ねた。ドミニクも表情を消して、答えを待っている。

「ご心配には及びませんわ。シレネ皇女は宣戦布告の撤回を約束してくださいました。文書もいただいております」

「そうか……よかった」

ルマンズ侯爵の顔に、安堵の笑みが浮かんだ。

「で、サディアス殿下の処刑はやはり避けられないか？」

ドミニクがついでのように聞いてくる。

「話すと長くなりますが、ひとまず死罪は免れましたわ。連れ帰ることはできませんでしたけど」

ただし、刑期は伸びてしまったが。

興奮剤の影響とはいえ、皇族に危害を加えたのである。その場で命を奪われていてもおかしくはなかったが、シレネの取り計らいでその程度で済んだのだ。

「そうか。まあ、血が流れないに越したことはないな。私はヤツが心底嫌いだが、処刑されるのはさすがに気分が悪い」

「して、殿下のご様子はどうだった？」

ルマンズ侯爵が何気なくアニュエラに尋ねた。

「……さあ。お会いする機会がありませんでしたので」

アニュエラは少し間を置いて言った。

父と兄の目の下には、青黒いクマができている。通常業務に加え、今回の件で休む間もなく動いているに違いない。

彼らに余計な心労をかけさせまいと、アニュエラは一旦この件を伏せておくことにした。


レディーナ王との謁見後、アニュエラはある場所に向かった。

王都の外れに建てられた小さな邸宅。レディーナ王家の別荘のひとつであり、そこにミジューム王は隠れていた。その周囲では、護衛兵たちが厳しく目を光らせている。

「陛下のお部屋は、こちらでございます」

世話係として王宮から派遣された侍女に案内され、廊下を進む。

辿り着いたのは突き当たりにある一室だった。

「陛下、イスワール伯爵夫人がお越しくださいました」

侍女が扉を数回ノックすると、「入れ」と短い返事が聞こえた。

「失礼します」

アニュエラは一声かけて、扉を開けた。

「……戻ったか。帝国の連中をうまく丸めこんだのであろうな」

窓際に座るミジューム王が、ゆっくりとアニュエラに顔を向けた。

先日よりもさらにやつれているように見える。その目からは光が消えていた。

「ええ。きちんと『お願い』してまいりましたわ。先方も聞き入れてくださいました」

「そうであったか、ご苦労」

自分から聞いてきたというのに、ミジューム王は興味なさげに相槌《あいづち》を打った。

「用件が済んだのなら、もう帰ってもよいぞ」

「まだ聞きたいことが、あるんじゃございませんか？」

「なんのことだ」

「サディアス殿下の安否です。未来の王だとおっしゃっていましたわよね？」

「ああ……」

ミジューム王は気の抜けたような声を漏らす。そして、アニュエラにこう問いかけた。

「この先、我が国はどうなると思う？」

「そうですわね……」

アニュエラはしばらく考えたのち、自らの見解を述べた。

「王室は廃止となり、君主制ではなく共和制を支持する声が挙がるでしょう。ですが領主の中には、独立や他国に頼ることを検討している方もいらっしゃいます。最悪、国そのものが消える可能性もあるかと」

いずれにせよ、彼が国王として自国に戻ることはない。

そう思いながら、アニュエラは目の前の男を見つめる。

途端、ミジューム王は唇をわなわなと震わせながら、勢いよく立ち上がった。がたん、と椅子が大きな音を立てて倒れる。

「どこで私は間違えた……⁉」

王の威厳も、民の信頼も、帰る場所も、そして妻子すら失った男が悲痛な叫びを上げる。

「この国を、王家を守ろうと力を尽くしてきたのだぞ⁉　だというのに、このような形で終わるなど、断じてありえぬっ！」

ミジューム王は乱暴に髪を掻きむしり、その場にうずくまった。そんな哀れな姿を見下ろし、アニュエラは冷ややかな声で言った。

「王が守らなければならないのは、その国に住まう民たちですわ。そんなことも、おわかりになりませんの？」

「戯言《たわごと》を……民はいくらでもいる。だが、王家は国の象徴だ。決して代えが利かぬ存在。決して絶やしてはならぬのだ……」

「その傲慢さが民の不満を生んだのです。その結果、九年前にある人物が犠牲となりました」

その瞬間、ミジューム王は目を見張り顔を上げた。

「なぜ、そのことを……」

「シレネ皇女がすべて教えてくださいました。ウォルター皇弟殿下は国賓としてミジューム王国に招かれ、そこで王妃陛下と恋に落ちたと」

王妃から関係を持ちかけたのが始まりだった、とウォルターは手記につづっていた。

互いにパートナーがいる。さらにウォルターが帰国するまでの期限つき。しかし道ならぬ恋は、彼らを燃え上がらせた。

そして幸福感は、たがを外させる。

ある日の晩、王宮を抜け出した彼らは、護衛もつけずに市街地へ向かった。

事件はその帰りに起こる。

ふたりは王家の反対勢力によって、誘拐された。

翌日、その一味からの手紙が王宮に届く。人質の解放と引き換えに、身代金と王家の廃絶を要求する旨が書かれていた。

国王がそれらの要求に応えることはなかった。

大規模な捜索により、事件から十日後に一味の隠れ家が発見される。犯人は全員逮捕、王妃も保護された。

だがウォルターは誘拐された直後に、殺害されていた。犯人に『どちらかひとりは生かしてやる』と言われ、王妃が『あとで金を払うから、自分だけは助けてほしい』と懇願《こんがん》したのだ。

王妃が他国の皇弟と不義の仲になった末の悲劇。

ミジューム王国はこの事実を公表するわけにはいかなかった。

それはアグニール帝国も同様だった。多額の慰謝料と、無期限の国交断絶。この二点で手打ちとした。

しかし、ここからミジューム王国の苦難が始まる。

帝国に支払った慰謝料の額は、国庫の約三分の一に相当した。これにより、王家は財政難に陥った。

（だから国全体で水害が発生したとき、陛下は一部の領地しか助けてくださらなかったのね）

地方を助ける余裕などなかったのだ。

おそらくノーフォース公爵は、この情報を掴んでいたのだろう。そして恩を売るために、援助金を出した。

「なぜだ。なぜ、このようなことに……私はどうすれば……」

ミジューム王はうわ言のようにつぶやいていたが、ふいに薄笑いを浮かべた。

「そなたがいるではないか、イスワール伯爵夫人。いや、アニュエラ」

「はい？」

「我が妻となれ。知性と美しさを兼ね備えたそなたがいれば、私は再びやり直せるかもしれん」

何を言い出すかと思いきや。アニュエラは氷のような視線をミジューム王に向けた。

「ご遠慮いたします。ほかをあたってくださる？」

「解せぬ。王妃になれるのだぞ？」

「泥にまみれた宝冠をつけるつもりはありませんの。それでは失礼いたします」

アニュエラはそう言って、部屋をあとにする。

彼と会うのも、今日が最後に違いない。

かつ、かつ、とヒールの踵を響かせながら、ミジューム王国の今後に思いを巡らす。

君主を失った国では、今もなお混乱が続いている。

田畑《でんばた》は焼かれ、略奪行為が横行しているという。

そして多くの民が、行くあてもなく取り残されている。

つんでいるとしか言いようがない惨状だが、放っておくわけにはいかない。

課題は山積みだ。

(これから忙しくなりそうね)

だが、アニュエラの顔に悲愴感はない。

王宮の片隅に追いやられていたころとは違うのだ。

(今の私は、ひとりじゃない)

信頼できる主君や家族がいる。

皆が側妃としてではなく、ひとりの人間として見てくれる。

そして――

「お疲れ様です」

屋敷を出ると、シェイルが玄関の脇で待っていた。

彼の笑顔を見るだけで、心が和らぐ。アニュエラはうれしそうに笑み返した。

「ミジューム王はなんと?」

「求婚されましたわ」

「え?」

シェイルの顔が硬くなったのを見て、思わず吹き出しそうになる。

「もちろん、お断りさせていただきましたけど」

「それはよかった。あなたは私の妻ですから」

そっと笑みを交わし、ふたりはゆっくりと歩き出す。

「アニュエラ様」

「……はい」

彼が差し出す手を、アニュエラは優しく握り締める。

彼との明るい未来を信じて。

エピローグ

レディーナ王国とアグニール帝国が友好条約を締結して十五年。

大きな節目となるこの年、両国では盛大な催しが開かれた。

その裏で、ひとりの男が労役を終えて帝国を去った。

二十年にも及ぶ炭鉱生活。

かつての優れた容姿は、今や見る影もない。

落石を受けて右目が潰れ、全身には数多くの傷痕が残っている。左足を引きずっているのは、思うように動かなくなっているからだ。

それでも、四肢を失わずに刑期満了を迎えたのは、幸運と言える。

(空というのは、これほどまでに美しかったのか)

青空を仰いだ男は、老人のように呻《うめ》いた。

ずっと炭坑にこもっていたわけではない。

だが、常に死と隣り合わせの日々の中で、空の青さに感じ入る余裕などなかった。

(帰ろう、私の国へ)

杖をつきながら、長い道のりを歩き続ける。

昼夜問わず重労働に服して、泥のように眠る毎日の繰り返しだった。

当然、娯楽などない。

貴重な休息時間は、自分を見つめ直すことに費やした。

(かつての私はとんでもなく愚かで、惨《みじ》めで、醜悪な人間だった)

自分が世界の中心だと本気で思いこんでいた。

ハリボテのような自尊心のせいで、周りが見えていなかった。

特に色恋に関しては、うぬぼれがひどかった。

自分が原因で破談となった婚約もある。

アニュエラの忠告にも耳を傾けなかった。

王太子だからといって、何をしても許されるわけではないのに。

(ミリアには申し訳ないことをした)

分別をわきまえない少女だった。

だが、決して甘やかさず、正面からしっかり向き合っていれば、別の未来があったのかもしれない。

姦通罪《かんつうざい》で投獄されたあとも、彼女を救おうとしなかった。

自分がミリアを殺したようなものだ。

男が服役している間に、ミジューム王国はソワール共和国と改名した。

王政は廃止され国民の投票で国の代表が決まる。

ミジューム王国は地図から姿を消した。

（綺麗な場所だ）

赤、青、黄など、色鮮やかな花が一面に咲き誇る花畑。

かつてこの地に、王宮は存在した。しかし暴徒たちに火を放たれ、取り壊されたという。

やがて男は、隅《すみ》のほうにあるものを見つけた。

ふたつの小さな墓石が、肩を寄せ合うように並んでいる。

ミジューム国王と王妃の墓だ。しかし長年手入れをされていないのか、表面は苔《こけ》むしており、花も供えられていない。

なぜ亡くなったのかはわからない。

ただ、ろくでもない理由であることは、容易に想像がついた。

（私が、私だけが生き残ってしまった）

胸の奥がずきりと痛み、視界が涙で滲む。

こんなことなら、二十年前に処刑されるべきだった。

死ぬまで、いや死んだあとも、罪を背負い続ける。

（……これが私の罰なのだ）

自分にそう言い聞かせると、男は目元を袖で拭って歩き出した。

この作品に対する皆様のご意見・ご感想をお待ちしております。
おハガキ・お手紙は以下の宛先にお送りください。

【宛先】
〒150-6019 東京都渋谷区恵比寿4-20-3 恵比寿ｶﾞｰﾃﾞﾝﾌﾟﾚｲｽﾀﾜｰ 19F
（株）アルファポリス　書籍感想係

メールフォームでのご意見・ご感想は右のＱＲコードから、
あるいは以下のワードで検索をかけてください。

アルファポリス　書籍の感想　検索

ご感想はこちらから

本書は、「アルファポリス」（https://www.alphapolis.co.jp/）に掲載されていたものを
改稿、加筆のうえ、書籍化したものです。

側妃《そくひ》のお仕事《しごと》は終了《しゅうりょう》です。

火野村志紀（ひのむら しき）

2024年 12月 5日初版発行

編集－境田 陽・森 順子
編集長－倉持真理
発行者－梶本雄介
発行所－株式会社アルファポリス
〒150-6019 東京都渋谷区恵比寿4-20-3 恵比寿ｶﾞｰﾃﾞﾝﾌﾟﾚｲｽﾀﾜｰ19F
TEL 03-6277-1601（営業） 03-6277-1602（編集）
URL https://www.alphapolis.co.jp/
発売元－株式会社星雲社（共同出版社・流通責任出版社）
〒112-0005 東京都文京区水道1-3-30
TEL 03-3868-3275
装丁・本文イラスト－とぐろなす
装丁デザイン－AFTERGLOW
（レーベルフォーマットデザイン—ansyyqdesign）
印刷－中央精版印刷株式会社

価格はカバーに表示されてあります。
落丁乱丁の場合はアルファポリスまでご連絡ください。
送料は小社負担でお取り替えします。

ISBN978-4-434-34887-7 C0093